Alfreds Gartenfete

... und noch mehr ganz kurze Kurzgeschichten

AF223268

*E*s begann mit diesem Schreibkurs ...

... zu dem ich mich – Mutter von zwei erwachsenen Kindern, geschieden, Sekretärin, die hin und wieder Korrektur für einen kleinen Verlag liest, schon immer gern Geschichten schrieb und auch einen Roman mit autobiografischen Zügen veröffentlicht hat (Es soll Männer geben/Bod) *– nun als Hobbyautorin angemeldet hatte.*

Erste Aufgabe im Kurs: kleine Geschichten über „Träume" schreiben. Ratlose Blicke – über welche Träume sollen wir schreiben? Dann ganz unrealistische Wünsche: wie ein Fisch schwimmen oder ein Vogel fliegen können! Gegenstimmen: „Nö, im Wasser ist es viel zu kalt und da oben in der Luft – bei Regen und Sturm? Bestimmt kein Vergnügen!" Beifälliges Gemurmel.

Dann Stille – jemand kaut ein bisschen auf dem Kugelschreiber herum, leises Pusten, Flüstern, den Kopf erneut gesenkt und weiter geschrieben, während Regentropfen leise an die Fensterscheibe klopfen.

Jetzt knarrt ein Stuhl, eine Tasche rutscht von der Lehne, jemand schnäuzt sich laut, und ich vergesse vor Schreck fast den ersten Satz der Geschichte über meinen Traum von der großen Schriftstellerin, der ganz bestimmt nur ein Traum ist. Und doch könnte ich mich glatt in ihm verlieren – diesem Traum!

Ach, ja – ich spüre meinen entrückten Blick, der den Regentropfen an der Fensterscheibe folgt. Sie entschwinden in kleinen Rinnsalen unten im Rahmen, wie auch mein Traum von der Bestsellerautorin, die sicher gerade auf irgendeiner Schönheitsfarm unter der Sonnenbank liegt – und trotzdem schreibe ich weiter ...

Jutta Jandt

Jutta Jandt

Alfreds Gartenfete

... und noch mehr ganz kurze Kurzgeschichten

2007 Jutta Jandt

Herstellung und Verlag:
Books on Demand GmbH, Norderstedt

Alle Rechte liegen beim Autor

Umschlaggestaltung / Grafik / Seitenlayout:
Jutta Peters, Hannover

ISBN-13: 978-3-8370-0089-4

Bibliographische Information der Deutschen Bibliothek:
Die Deutsche Bibliothek verzeichnet diese Publikation in
der Deutschen Nationalbibliographie; detaillierte bibliographische Daten sind im Internet über http://dnb.ddb.de
abrufbar.

Alfreds Gartenfete
... und noch mehr ganz kurze Kurzgeschichten

Meister Himmelreich

Händeringend suchten wir einen Handwerker! Fast jeden Abend überfiel ich Männe mit der Frage, ob er schon so jemanden gesichtet hätte – vielleicht im Kollegenkreis – nichts. Bis sich eines Tages das Problem ganz von selbst löste: Ein Schwager unserer Nachbarin, ehemaliger Maurermeister – jetzt im Ruhestand – war unser Mann.

Gleich am nächsten Tag wollte er vorbei kommen, alles begutachten, ausmessen, planen. Holger jubelte, durfte er doch eine tragende Wand nicht allein, so ohne Fachkenntnisse, entfernen. Himmelreich – er hieß doch tatsächlich Himmelreich – der gute Mann mit der großen Werkzeugkiste, den uns der Himmel schickte. Bald war alles geklärt, vermessen, abgeklopft, der Stundenlohn stimmte – und der Termin, um die Mauer einzureißen, war der nächste Montag.

Männe hatte extra drei Tage Urlaub genommen, ich den Frühstückstisch nett gedeckt, Blümchen auf dem Tisch placiert, selbst ein paar Flaschen Bier hatte ich ihm kalt gestellt für später. So begann nun sein erster Tag in unserem Hause, dem noch viele folgen sollten.

Frisch ging er ans Werk, und Männe machte bei dem kleinen rundlichen oberlippenbärtigen Strubbelkopf mit listigblauen Augen den Assistenten. Beide hämmerten bald erfolgreich mit hochrotem Gesicht an dieser Wand herum. Bald fiel Stein für Stein, das ganze Haus schien vernebelt. Aber dafür würden wir es ja demnächst auch viel schöner haben mit dem größeren Zimmer, trösteten wir uns die nächsten Tage.

An diesem Montag nun kochte ich ein Sonntagsessen, Vorsuppe und Nachtisch waren selbstverständlich und Männe leicht irritiert. Soviel Aufwand für einen Handwerker?

„Das verstehst du nicht, Handwerker muss man bei Laune halten, Schatz", klärte ich ihn auf.

So werkelten sie drei Tage zusammen, es sah schon gut

aus, ein Ende der gröbsten Arbeiten war abzusehen. Frohen Mutes ging Männe am vierten Tag wieder seinem Brötchenerwerb nach. Den Rest würde Meister Himmelreich in meiner Gegenwart allein schaffen. Doch das war so eine Sache: Fast glaubte ich, es würde Woche für Woche immer mehr statt weniger Arbeit werden. Pünktlich kam er morgens um acht Uhr, setzte sich an den gedeckten Frühstückstisch mit gutem Appetit und meinen Blümchen, wobei ich ihm Gesellschaft leisten durfte.

Danach zündete er sich sein Pfeifchen an, blies genüsslich den Rauch in kleinen Kringeln in die Luft und begann mir seinen Lebenslauf dort weiter zu erzählen, wo er gestern aufgehört hatte:

„... ja und dann kamen die Russen. Meine Mutter flüchtete mit meiner Tante in den nahen Wald ...“

Zu diesem Zeitpunkt befanden wir uns also jetzt schon ziemlich am Ende des Krieges. Trotzdem war der Weg bis ins „Heute“ noch recht weit. Jeden Morgen erzählte er mir nun eine ganze Weile Stück für Stück seiner Geschichte, sozusagen in Serie.

Ob ich sie hören wollte, interessierte ihn nicht sonderlich. Schlimm war die Tatsache, dass wir für seine Memoiren auch noch bezahlen durften!

Denn natürlich liefen seine Arbeitsstunden weiter, während er entspannt in seinen Erinnerungen wühlte und die Maurerkelle im Bottich langsam antrocknete. Ziemlich nervös versuchte ich deshalb meist, seinen Redestrom zu bremsen.

„So, jetzt muss ich aber das Mittagessen vorbereiten, Herr Himmelreich – Sie haben ja nun auch noch reichlich zu tun.“

„Ach, das kriegen wir schon hin. Ja, und was ich noch sagen wollte: Machen sie sich bloß keine Umstände mit der Kocherei – vielleicht nur ein Steak mit Pilzen, etwas Spargel dabei, ach ja, und als Nachtisch reicht ein Vanille-Pudding mit bisschen Schoko-Eis und vielleicht einem kleinen Tups

Sahne? Ein Mokka mit ihnen zusammen könnte das Ganze abrunden. Wie ich schon sagte, keine Umstände – dann kann ich ihnen ja hinterher auch noch die Sache mit den Russen in diesem kleinen Dorf bei Neuruppin zu Ende erzählen!"

Ich seufzte still, für ihn nicht hörbar.

Männe kam jeden Abend freudig erregt, in der Hoffnung auf ein baldiges Ende von Himmelreichs Maurerarbeiten, nach Hause. Mein fast unmerkliches Kopfschütteln ließ ihn dann ebenfalls leise seufzen.

So gingen tatsächlich die Wochen dahin. Selbst unser Sprössling lernte, dass Handwerker eine Rarität waren und mit Respekt und Erfurcht zu behandeln seien. So musste er sogar den gebrüllten Verweis von Meister Himmelreich, er stünde ständig im Weg, ohne unsere Unterstützung über sich ergehen lassen, was mir fast das Herz brach – mein Sohn angebrüllt von einem fremden Maurermeister mit Namen Himmelreich! Zum Glück blieb unserer Tochter das gleiche Schicksal erspart, war sie doch noch zu klein dafür.

Wir hofften einfach nur noch still auf das Ende unseres Zusammenlebens mit dem fremden Herrscher über Maurerkellen. Eigentlich konnten wir froh sein, dass er wenigstens die Nacht zu Hause verbrachte.

Endlich, nach einem viertel Jahr, war der Tag X tatsächlich gekommen, der sein letzter sein sollte. Diesmal bekam er angesichts der frohen Aussicht ein besonders gutes Mittagessen, ich hörte seinen Memoiren noch ein wenig länger zu und stellte dann fest, dass wir es schon bis in die 80er Jahre geschafft hatten!

Ein weiter Weg – vierzig Jahre Meister Himmelreich und ich! Den Rest konnte er nun getrost für sich behalten oder dem nächsten Hilfesuchenden erzählen.

Etwas erstaunt waren wir dann doch, während Männe und er die Abrechnung durchgingen, über Himmelreichs Erklärung, er hätte sich besonders beeilt, damit es nicht so teuer wird. An mich gewandt meinte er dann gönnerhaft:

„Sie haben ja ganz schön zu tun mit ihrem Haushalt und

den Kindern, deshalb war ich auch stets mit ihrem kleinen Imbiss zufrieden."

Meinen Mund bekam ich erst wieder zu, als er bereits aus der Tür war.

Gleich am nächsten Tag kaufte Männe sich das dicke Heimwerkerbuch: „Selbst ist der Mann". Vielleicht gelang es uns ja, den bescheidene Maurermeister mit langem Lebenslauf und Namen Himmelreich bald zu vergessen ..."

Der neue Anzug

Männe meinte: „Weißt du, Werner tut mir irgendwie leid". Ich gab Holger Recht.

Werner unser Nachbar, von Beruf Schneider und Frührentner, nähte für Bekannte, Verwandte, Nachbarn und Freunde, nahm Änderungen vor und reparierte kleine Schäden. Er wollte nicht viel Geld dafür und freute sich auch mal über eine Flasche Schnaps als Lohn für seine Mühe.

Anlässlich eines fröhlichen Umtrunks im Garten, in nachbarlicher Runde, machte Werner dann meinem Gatten und Fiete, unserem Nachbarn zur Rechten, ein Spitzenangebot: Er wollte für beide wunderschöne Anzüge nähen, in denen sie mit Sicherheit auf jedem Fest Bewunderung ernten würden, versprach er.

Dem Weine reichlich zugesprochen stimmten beide begeistert zu. Berieten anschließend, wie selbiger denn nun aussehen solle und verkündeten Minchen, Fietes Angetrauter, und mir das Ergebnis: Ein taubenblauer Zweireiher mit rotem Innenfutter!

Wir teilten ihr Entzücken und wurden uns schnell mit Werner über den Preis einig. Besonders günstig war er diesmal nicht, aber wie Werner betonte, seine finanzielle Situation wäre zurzeit nicht die beste, und er hoffte doch sehr auf unser Verständnis. Das hatte er dann auch, denn, wie schon erwähnt, tat er uns „irgendwie leid".

Am nächsten Tag wurde der Stoff gekauft, unter sachkundiger Beratung von Werner. Taubenblauer Anzugstoff und roter Taft. Welch ein Kontrast! Wir würden stolz auf unsere Männer in den neuen Anzügen sein, versprach Werner uns erneut. Sofort begann er mit dem Zuschnitt.

Die nächsten Tage waren angefüllt mit dem Nähen dieser Prachtstücke. Es folgte Anprobe auf Anprobe.

Da wurde Einiges abgenäht, dort wurden Nahtzugaben gemacht. Endlich holte mein Holger den seinigen ab.

Ich bat ihn, doch gleich mal „Modenschau" für mich zu

machen. Das tat er dann auch – doch – das konnte nicht wahr sein! Ich hielt mir die Hand vor den Mund, um nicht in hämisches Gelächter auszubrechen, schließlich konnte mein Holger ja nichts dafür.

Man muss es einfach gesehen haben!

Der Schritt der Hose war so weit nach unten gerutscht, dass ihm optisch sein „Allerwertester" fast in den Kniekehlen hing. So konnte er in keinem Fall unter die Leute! Er selbst war ebenso entsetzt wie ich.

„Julia, reg` dich nicht auf, da gehe ich gleich rüber zu Werner und reklamiere", kündigte er an. Gesagt, getan, ohne Anzug kam er zurück.

„Es ist kein Problem, Werner ändert das", tröstete er mich.

Drei Tage später nun erneute Anprobe. Das Ergebnis? Es war das gleiche!! Nichts hatte sich geändert, obwohl Werner Einiges geändert hatte! Wieder saß der Schritt in den Kniekehlen, jetzt allerdings exakt. Nun verspürte ich keine Lust mehr, hämisch zu lachen.

Nach erneuter Reklamation war der Kommentar unseres Schneiders:

„Ich weiß gar nicht, was ihr wollt – die Hose sitzt doch irgendwie ganz gut, und außerdem kann ich jetzt nichts mehr ändern, die Nähte sind zu knapp gehalten, es ist kein Stoff mehr vorhanden." Das war nun der Gipfel der Unverschämtheit!

Das Einzige was uns blieb war, diese Arbeit nicht zu bezahlen, hatten wir doch schon den Verlust des teuren Stoffes zu beklagen. Doch da hatten wir nicht mit Werners Hartnäckigkeit gerechnet. Nach einigen schriftlichen Mahnungen auf Zetteln, die wir im Briefkasten fanden, und denen wir keine Beachtung schenkten, stattete uns sogar der Gerichtsvollzieher nach Wochen einen Besuch ab! Die Sache war mehr als peinlich! Ein Gerichtsvollzieher, und das bei uns! Wie ich aus geheimer Quelle erfahren hatte, war dieser auch dem einen oder anderen in der Nachbarschaft nicht unbekannt, und so konnten wir den Vorfall nicht einmal vertuschen. Minchen kam fast täglich und fragte nach dem neuesten Stand der Dinge, um ihren Fiete, dessen Anzug zu unserer aller Freude maßgerecht saß, mit dem nötigen Gesprächsstoff am Abend versorgen zu können.

Es blieb uns tatsächlich nichts anderes übrig, als eine Anzeige gegen Werner zu machen, um den Gerichtsvollzieher für die Zukunft aus unserem Gedächtnis streichen zu können. So kam es doch tatsächlich zu einem Gerichtstermin!

Die Justiz verlangte die Hinzuziehung eines Sachverständigen, dessen Honorar wir dann, bis zum Urteilsspruch, verauslagen durften. Auch das noch!

Nach einigen Wochen war es dann soweit: Die gesamte Nachbarschaft war informiert, und einige hatten ihre Anwesenheit anlässlich der Verhandlung angekündigt.

An besagtem Tag fuhren wir also gemeinsam mit unseren Mitbewohnern zum Ort der Rechtsprechung. Sie setzten sich auf die Zuschauerbänke, ich ebenfalls, mein Gatte musste auf dem Stuhl des Klägers Platz nehmen, Werner auf dem des Angeklagten. Die Verhandlung begann nach Feststellung der Personalien.

Eine junge Richterin sollte das Urteil fällen. Nach der Schilderung des „Tathergangs" wurden der Kläger, der Beklagte und dann der Sachverständige befragt.

Es stand gut für meinen Gatten. Werner folgte der Verhandlung mit grimmigem Gesicht. Auch seine Hildegard befand sich unter den Zuschauern, allerdings hatte sie es abgelehnt, im Kreise der Nachbarn der Verhandlung zu folgen und sich dementsprechend entfernt von uns platziert.

Um sich ein genaues Bild des „Corpus delicti" machen zu können, bat die Richterin nun meinen Gatten, doch besagte Hose einmal kurz anzuziehen. Die Schamröte stieg ihm ins Gesicht:

„Frau Richterin, soll ich mich hier etwa ausziehen?" Belustigt machte sie den Vorschlag, doch die Hose neben ihrem erhöhten Richterpult zu wechseln.

Gekicher – auch meines war darunter – wurde in den Zuschauerbänken laut. Doch er nahm allen Mut zusammen, zog seine Hose aus, stand für Sekunden in Unterhosen in diesem ehrwürdigen Gemäuer vor der gesamten Gerichtsbarkeit und uns Zuschauern – und streifte in Windeseile die betreffende Hose über seine leicht fahlen Säbelbeine. Da stand er nun und drehte seinen Kopf mit verlegenem Lächeln in Richtung Zuschauer.

Doch plötzlich, als er deren Grinsen sah, wurde meinem Gatten die Komik der Situation bewusst und machte ihn mutig.

Er drehte sich jetzt demonstrativ mit dem Rücken zur Richterin, um ihr den Sitz des Schrittes, der, wie bereits erwähnt, in seinen Kniekehlen hing, noch genauer vorzuführen. Ein leises Lächeln umspielte auch ihre Lippen, während sie ihn beobachtete.

Dann ging meine bessere Hälfte auch noch mit gestelzten Schritten vor ihr auf und ab, drehte sich wie ein Pfau und fragte sie mit einem frechen Grinsen:

„Sagen sie, Frau Richterin, würden sie sooo mit mir zum Tanzen gehen?" Es war ihr anzumerken, dass sie sich sehr zusammen nehmen musste, um nicht ebenfalls in unser verhaltenes Lachen einzustimmen.

Nachdem sie einige Male geschluckt hatte, bestätigte sie dann die Meinung meines Gatten, dass sie „sooo wirklich nicht mit ihm zum Tanzen gehen würde".

Nach dieser Feststellung und dem Plädoyer des Gegenanwalts zog man sich zur Beratung zurück.

Die Richterin bot nach ihrem erneuten Erscheinen den Parteien einen Vergleich an, der so aussah, dass Werner uns die Hälfte des Geldes zurückzahlen sollte, und ihm dies in Raten erlaubt sei. Holger war damit einverstanden, was blieb uns anderes übrig?

Werner fiel dann nichts anderes ein, als sich umzudrehen und seine Hildegard zu fragen:

„Mama, sollen wir annehmen?"

„Mama" nickte:

„Mach` das, Werner".

Somit war die Verhandlung geschlossen, allerdings nicht für uns, die Gegenseite samt Anhang. Denn in nachfolgender Diskussion bei einem Bier in der nächsten Gaststätte rollten wir diese unter uns erneut auf und begleiteten die Gespräche mit Gelächter ohne Ende. Und natürlich stand mein Gemahl, wie er es liebte, mal wieder im Mittelpunkt.

Wie vorausgeahnt, bekamen wir keinen Pfennig von Werner. Nur suchte diesmal ihn der Gerichtsvollzieher – auf unsere Veranlassung hin – des Öfteren auf, was wir – man möge uns verzeihen – schadenfroh hinter der Gardine beobachteten ...

Daniel und die Stricknadeln

Damals, als er noch ein kleiner Junge war, mal gerade so um die elf Jahre – unser Daniel — machte er doch schon so hin und wieder etwas Ärger. Seine Meinung, er wäre der Wichtigste in der Klasse, konnten zu seinem Missfallen die anderen Schüler nicht teilen.

Wenn sie auch ab und zu ganz froh waren, einen Klassenclown unter sich zu haben, so wollten sie doch nicht ständig lachen, sondern auch hin und wieder mal das eine oder andere Wissenswerte vom Lehrer erfahren.

Mein Daniel sah das anders. Und das leider nun schon fast fünf Jahre, seit seiner Einschulung. Wir hofften immer noch, es würde ihn irgendwann langweilen, allein auf weiter Flur seine Faxen zu machen, ganz ohne Publikum.

Und so kam es dann irgendwann auch. Wochen schon wunderten wir uns, nichts von seinem Lehrer über seine „Späßchen" zu hören und waren jetzt der Meinung, aufgrund unserer pädagogischen Fähigkeiten, diese Hürde geschafft zu haben, indem wir ihn so ziemlich hatten gewähren lassen. Doch der Grund war ein ganz anderer:

Eines Abends saßen wir gemütlich beim Abendbrot, sein Vater Holger, seine kleine Schwester Katja und ich, seine Mutter.

Die Stimmung war harmonisch, jeder trug ein wenig zur Unterhaltung bei. Plötzlich meinte Daniel, ins Bett gehen zu müssen.

Wir sahen uns erstaunt an. Wieso jetzt, ist es nicht noch viel zu früh? Selbst Katja staunte nicht schlecht. Auf ihren Vorschlag:

... bitte noch aufbleiben, Daniel", lächelte er nur verträumt. Zu seinem Vater gewandt meinte er erklärend:

„Nö, ich will noch ein bisschen stricken." Meinem Holger fiel fast das Stück Gurke aus dem Mund, welches er gerade genüsslich zermalmen wollte – und bekam diesen fast nicht wieder zu.

„Was willst du – stricken???"

„Ja", sagte Daniel trotzig, „einen grünen Schal, den habe ich fast fertig – und danach stricke ich noch Socken". Das also war der Grund für seine Disziplin!

Er strickte neuerdings!

Was hatte Holger immer gesagt? Sein Sohn sollte mal ein richtiger Kerl werden. Was auch immer er darunter verstand. Auf jeden Fall keiner, der strickt. Und damit basta!

Ohne weiter darauf einzugehen, verbot er Daniel die Strickerei für diesen Abend, weil ein richtiger Mann eben so was nicht tut, drückte ihm seine Lieblingskassette in die Hand und meinte:

„Kuschele dich lieber gemütlich ein und hör` dir ‚Das Dschungelbuch' an." Daniel war unter Murren damit einverstanden.

Als beide im Bett waren, Katja und Daniel, begann die Diskussion darüber mit mir.

Ob ich es eigentlich gewusst hätte, dass der Lehrkörper damit beschäftigt war, seinen Sohn zu einer Memme zu erziehen? Ich meinte nur vorsichtig, davon gehört zu haben. Das war für Holger nun unfassbar. Seine Frau sah zu, wie sein Sohn zum Hampelmann gemacht würde, ohne dieses zu verhindern oder ihn zu informieren!

Also, wenn ich es recht bedachte, fand ich eigentlich gar nichts dabei, einen Schal strickenden Sohn zu haben. Es könnte ja immerhin sein, dass unsere Katja später für das Montieren von Wasserhähnen zuständig sein würde, so hobbymäßig. Doch diese Ansicht behielt ich für mich, der Abend sollte doch harmonisch ausklingen.

Am nächsten Morgen nahm sich Holger eine Stunde frei von seinem Arbeitsplatz, ging zur Schule und klärte Daniels Klassenlehrer darüber auf, dass sein Sohn auf keinen Fall diesen Schal zu Ende stricken würde, er sollte, wem er wolle, diese Fähigkeit beibringen. In unserer Familie würden auf keinen Fall strickende Knaben herangezogen werden.

Ziemlich eingeschnappt gab dieser die Versuche, Holger

von der Notwendigkeit des Strickens zu überzeugen, auf und war bereit, Daniel dafür in einen Malkurs zu stecken.

Anschließend wurde unser Sohn von seinem Vater noch darüber aufgeklärt, was einen Mann ausmacht. Nämlich, dass dieser niemals strickt, und somit hatte unser Stammhalter auch nicht mehr den Wunsch, diesen grünen Schal zu Ende zu bringen und so seine zukünftige Männlichkeit zu riskieren. Für meine beiden Männer war damit dieses Thema ein für allemal erledigt.

Sicher liegen die Stricknadeln, mit dem angefangenen, nunmehr vermutlich staubgrünen Schal, jetzt zwischen Daniels Eisenbahn, den Autos und dem Teddy – Erinnerungen aus seiner Kindheit – auf unserem Dachboden ...

Zwiebellook

Wieso wollte unsere Katja eigentlich nicht verstehen, dass zwei T-Shirts, ein Pullover und zwei Jacken übereinander gezogen, ihre Figur leicht verbreitert erscheinen lassen? Den Sinn dieses „Zwiebel-Outfits" habe ich nie begriffen. Zumal sie oft schimpfend aus der Schule kam und berichtete, die Jungs hätten sie mal wieder als „pummelig" bezeichnet. Meine Frage, ob es ihr eigentlich ständig zu kalt sei, oder sie sich so gekleidet besonders hübsch findet, verneinte sie. Warum zog sie sich dann so an? Hatte sie Angst, man könnte sie als Mädchen identifizieren?

Ich wusste mir keinen Rat, weil sich das Spiel ihres Gekränktseins ständig wiederholte, und ich ihr auch ebenso oft erklärte, dass sie nicht pummelig sei, sondern nur zu dick eingepackt. Als spräche ich Suaheli, wurden jeden Morgen wieder diverse Kleidungsstücke übereinander gezogen und mittags über die bösen Buben gewettert.

Selbst bei den Socken macht sie nicht Halt und zog mindestens drei Paar an! Sie hatte mich ständig beim Schuhkauf getäuscht, immer zu große gewählt, damit auch besagte drei Paar Socken hinein passten.

Doch irgendwann legte sie dann doch diese Angewohnheit ab – nämlich zu dem Zeitpunkt, als sie begann, sich selbst für das andere Geschlecht zu interessieren. Manchmal ist es allerdings sogar noch heute so:

Besuche ich sie, und wir planen einen Stadtbummel oder Ähnliches, streift sie erst ein Paar Socken über ihre Füße, lächelt mich vielsagend an – und dann folgt doch tatsächlich das zweite Paar! Mein Schwiegersohn Sven zuckt nur mit den Schultern, verzieht das Gesicht zu einem Grinsen und tröstet mich:

„Mach` dir keine Gedanken, wenn sie Pumps trägt, macht sie das nicht ..."

Der alte Schuhschrank

*I*rgendwie störte damals der alte, verschnörkelte Schuhschrank in der Ecke auf dem Flur, obwohl er eigentlich sehr schön war – jedenfalls bekam er das von Besuchern häufig zu hören.

Eines Tages allerdings ging eines unserer Familienmitglieder – ich war es natürlich nicht – vielleicht war es mein Gatte Holger, unser Sohn Daniel oder das Nesthäkchen Katja – etwas unsanft mit ihm um.

Ein kleiner Fußtritt und die untere Klappe fiel ab. Feststellung aller, nachdem der Täter nicht ermittelt wurde: Ein neuer Schuhschrank ist endlich fällig und wird morgen gekauft, basta!

Unser altes, antikes Stück wurde vorläufig in den Keller verbannt. Immerhin bestand die Möglichkeit, dass er das Interesse eines Möbelsuchenden erwecken könnte.

So räumten wir dann etwas wehmütig den neuen Schrank, in Gedenken an den alten, ein, das bunte Deckchen von seinem Vorgänger schmückte jetzt auch ihn – und er gefiel uns allen langsam doch ganz gut.

Einmal im Jahr entrümpeln wir unseren Keller, was stets heftige Diskussionen darüber auslöst, wen das Los der Fahrt zur Mülldeponie trifft. Wird es der alte Tisch aus der verstaubten Ecke sein, das Bügelbrett gleich neben der Tür oder die rosa Lampe, die schon etliche Male vom Bord fiel?

Unser Schuhschränkchen hatte bis jetzt noch Glück. Trotz Androhung ist ihm dieses bisher nicht passiert. Sicher deshalb, weil es sich wahrscheinlich heimlich in die äußerste Ecke verkrochen hatte. Oder auch in der Hoffnung, den Besuch des gewissen Möbelsuchenden noch rechtzeitig zu erleben.

Doch nach circa vier Jahren, als dieser Möbelsuchende immer noch nicht erschienen war, schickten wir endlich unser Schränkchen schweren Herzens auf seine letzte Reise und hatten es glücklicherweise auch schon bald vergessen.

Es muss so um die Weihnachtszeit gewesen sein. Ein Bruder von Holger – er hatte seit Jahren nichts von sich hören lassen – stand plötzlich vor unserer Tür! Alles war nicht so verlaufen, wie er es sich vorgestellt hatte.

Das Leben in einem fremden Land war nicht einfach, das Heimweh hatte ihn geplagt – nun ist er wieder da und will ganz von vorn beginnen.

Freunde und Verwandte haben ihm geholfen, fast alle Möbel sind beisammen – doch:

„…wenn du irgendwo noch ein kleines Schuhschränkchen hast, Julia, würde mich das sehr freuen"…

Das Lenkrad

*D*ann war da noch die Sache mit dem Lenkrad: Mein Sohn Daniel – in einer Phase des ständigen Streits mit seinem Vater, da dieser merkwürdiger Weise nicht begreifen wollte, dass selbst u n s e r Sohn sich vom Knaben zum Mann entwickelte – hatte den Wunsch, sich nach bestandener Führerscheinprüfung ein Auto zu kaufen.

Beide hatten den Beruf des Kfz-Mechanikers erlernt. So verband sie ein gemeinsames Interesse an diesem Metier und führte manchmal zu heftigen Diskussionen ohne Ende. Es handelte sich hierbei natürlich um sachliche Fachgespräche – nicht um Besserwisserei des Vaters, wie der Leser eventuell vermuten könnte.

Eines Tages nun machte mein Mann Holger, aus einer sonst nicht üblichen fröhlichen Stimmung heraus, unserem Sohn das Angebot, einen gebrauchten Mercedes älteren Modells zu kaufen, den wir beide – kurz gesagt die Eltern – vorfinanzieren würden, und den der jetzt neue Führerscheinbesitzer dann bei uns abzahlen sollte. Die Begeisterung war groß – Papa war der Beste und Mama auch ein bisschen. Mir war nicht so ganz wohl bei der Sache, denn die Temperamente der beiden waren mir hinlänglich bekannt und – musste es denn gleich ein Mercedes sein?

Doch Einwände meinerseits wurden im Keim erstickt und überhört, wahrscheinlich wegen meiner geringen Kenntnisse zu besagtem Thema. So machte ich erst gar keine weiteren Versuche, beiden davon abzuraten.

Eine Woche später war es dann soweit, das neue Auto stand mit seinem Verkäufer vor der Tür und wurde von Vater und Sohn fachmännisch beurteilt.

Kleine, angebliche Mängel drückten dann noch den Preis, die Freude war groß. So konnte es ans Anmelden und Polieren des Wagens gehen, was unser Daniel mit großer Hingabe tat. Er sah wirklich wunderschön aus, der neue, alte Wagen.

Dunkelblau mit glänzenden Chromteilen, eine Probefahrt

war uns sicher. Daniel, nun als Autobesitzer noch mehr zum Mann gereift, fuhr uns stolz durch unseren Stadtteil. Zu Hause wurde eine Flasche Wein auf die neue Errungenschaft getrunken und Daniels Freundin Carola angerufen, mit der er seit kurzer Zeit – für uns viel zu früh – Bett und Tisch teilte. Er wollte sie gleich abholen, da er eine Überraschung für sie habe.

„... nein, nein, ich werde dir noch nichts verraten, du wirst ja sehen, " säuselte er mit geröteten Wangen ins Telefon. Ich musste lächeln und versuchte, mein dummes Gefühl zu unterdrücken. In seiner Begeisterung schwärmte unser Sprössling dann:

„Wenn ich jetzt noch ein weißes Lenkrad hätte, das wäre der „Hammer", dann würden die anderen aber blöd kucken."

Sein Vater lächelte nur milde und kam dann prompt zwei Tage später mit genau diesem Lenkrad nach Hause, rief Daniel an und bat ihn mal bei uns vorbei zu schauen. Unter großem Jubel wurde das ersehnte Geschenk später gleich montiert. Papa war wieder der Beste, und Mama auch wieder nur ein kleines bisschen. Aber ich bin ja genügsam.

Die Wochen vergingen und unser Spross war unentwegt „on Tour", was ja irgendwie verständlich, doch allerdings auch teuer war. Eines Abends äußerte sich der Hausherr mir gegenüber, er sähe Schwarz, ob am nächsten Ersten die fällige Rate von unserem Sohn bezahlt werden würde. Wieder mein merkwürdiges Gefühl – es braute sich etwas zusammen.

Tage später meinte Holger nach der Tagesschau, einem Bier und dem Krimi, diesmal schon etwas energischer, es würde mit Sicherheit Krach geben, wenn die Rate nicht am Monatsende auf dem Tisch liegt!

Ich versuchte ihn zu beschwichtigen, er solle sich doch bitte erst aufregen, wenn dieser unglückselige Fall eingetreten sei. Das brachte nicht viel, denn er liebte seine Schwarzmalerei.

Schon wieder mein mulmiges Gefühl! Tatsächlich kam, nicht besonders überraschend für uns, schon bald der Erste des Monats – doch leider kein Geld von Daniel. Es würde noch einen Monat dauern, bis unser Kind es zusammen hätte. Erst dann könne er mit der Zahlung beginnen. Denn schließlich war da ja auch noch die letzte Rate für Carolas Waschmaschine fällig. Mein Mann rollte mit den Augen und schnaubte durch die Nase:

„Mein lieber Freund – noch eine letzte Frist – Waschmaschine hin – Waschmaschine her – wenn du das Geld dann wieder nicht bezahlst, ist das Auto weg!!!"

Ich deckte lieber den Tisch und versuchte unseren Sohn später zu ermahnen, erst zu sparen, und dann Carola auszufahren. Er versprach es.

Die Wochen vergingen, doch auch am folgenden Monatsende sahen wir nichts von Daniels Rate. Wütend griff mein Mann zum Telefonhörer. Carola klärte ihn darüber auf, dass Daniel ungewöhnlich müde sei, denn er wäre nach der Arbeit gleich ins Bett gegangen. Mir schwante Schreckliches, meinem Gatten auch und er verlangte mit eisiger Stimme, Daniel zu wecken und ans Telefon zu holen.

Kurz danach hörte ich einen ziemlich lauten Monolog, denn nur der Vater tobte vor sich hin, es erfolgte vermutlich kein Echo, was konnte auch als Entschuldigung am anderen Ende gesagt werden? Nun war es soweit: Das Auto sollte umgehend stehen bleiben, unser Stammhalter durfte nicht mehr damit fahren. Ein grausames Urteil! Außerdem sollte es sofort vor unsere Haustür gestellt werden. Das mit dem „sofort" klappte natürlich nicht.

Spät am Nachmittag rief Daniel uns an – Test, ob die Wogen sich geglättet hätten. Hatten sie nicht, im Gegenteil, das Gewitter hatte sich noch verdichtet.

Ich ermahnte Daniel, sofort das Auto vor unsere Tür zu stellen, sonst gäbe es ein so genanntes Unglück. Trotzig meinte er, noch ein paar wichtige Wege erledigen zu müssen, er käme später vorbei. Nach Stunden eine kurze telefonische Ankündigung von ihm:

„Ich komme jetzt."

Um eine Begegnung der beiden Kampfhähne zu vermeiden, trat ich vor die Haustür und wartete auf ihn. Leicht grinsend kam er mir zu Fuß entgegen – das Auto stünde um die Ecke. Schnell gab er mir den Schlüssel und ein Küsschen, danach hatte er es sehr eilig.

Holger, den gebannten Blick auf den Fernseher gerichtet, hatte nichts bemerkt. Ich überreichte ihm den Autoschlüssel, worauf er sofort auf die Straße lief, um das Auto in Sichtweite vor unserem Haus zu parken. Ich dachte, damit wäre die Sache erst einmal ausgestanden.

Doch seine polternden Schritte kurz danach und sein unmissverständliches Fluchen schon vor der Haustür bestätigten mein merkwürdiges Gefühl der letzten Wochen.

Er kam ins Haus, schmiss den Autoschlüssel in eine Zimmerecke, tobte, raufte sich die restlichen Haare, bis sich seine Stimme überschlug und drohte mit allem, womit man seinem Sohn drohen kann – pardon, meinem Sohn – denn wie üblich handelte es sich in solchen Situationen grundsätzlich um meinen Sohn – und stellte fest, dass ich nun sehen würde, wohin meine Erziehung geführt habe, fauchte dann wütend in meine Richtung:

„Julia, würdest du dir das Auto, bitte schön, mal ansehen?" Das tat ich dann auch, nun doch leicht nervös – folgte ihm auf die Straße – und hätte fast laut gelacht.

Was war passiert? Das Auto stand noch immer an seinem Platz denn – es ließ sich ohne Lenkrad schlecht bewegen! Stattdessen ragte ein schwarzer Stab, auch Lenksäule genannt, in Richtung Frontscheibe.

Es sah zu komisch aus! Mein Gatte stürmte erneut mit hochrotem Kopf ins Haus zurück und griff zum Telefonhörer. Doch was hörte er da am anderen Ende?

Das Lenkrad wäre ein Geschenk gewesen, es gehöre ja nicht direkt zum Auto und wenigstens das wollte „mein Sohn" zur Erinnerung behalten, und er gäbe es auf keinen

Fall wieder her, man könne ja einfach das alte wieder aufsetzen, das sich bekanntlich bei uns im Keller befand. Respektlos legte er dann mitten in der nun folgenden Tirade seines wutschnaubenden Vaters auf.

Dieser ließ sich erschöpft in einen Sessel fallen, setzte seine Ergüsse an mich gerichtet fort und bereute, mich jemals geheiratet zu haben.

Das war nun auch mir zuviel. Ich beschloss ins Bett zu gehen, nicht ohne zu bestätigen, dass genau sein Geständnis, bezüglich der Eheschließung mit mir, auch mein Gedanke schon seit langem war. Damit knallte ich die Schlafzimmertür zu.

Nach dieser Szene sprachen wir einige Tage nicht mehr miteinander – mein Partner in guten wie in schlechten Zeiten – und ich. Unser Sohn – der auch nach Wochen noch nur meiner war – meldete sich nicht mehr offiziell.

Ich versuchte ihn in heimlichen Anrufen davon zu überzeugen, dass dieses dämliche Lenkrad einen Familienkrach nicht rechtfertigen würde – stieß dabei aber leider auf taube Ohren.

Nach einer Ewigkeit entschlossen sich die beiden, vermutlich in stillem Einvernehmen, mein Mann und vielleicht auch jetzt wieder sein Sohn, einfach Gras über die Sache wachsen zu lassen.

Nur in Abwesenheit des anderen erzählte der eine hin und wieder die Geschichte, um die Sicht eines Dritten zu erfahren, was allerdings bis heute keine Klärung der Rechtslage herbeigeführt hatte ...

Abschied vom alten Möbel

Eigentlich gefallen sie uns meist nicht mehr, die alten Sachen. Leicht verstaubt, zum Teil lädiert und verblasst, stehen sie seit Jahren an ihrem gewohnten Platz und verrichten ihren Dienst, ohne sich zu beklagen. Vielleicht ist es ein Schrank, eine Truhe, die Flurgarderobe, die alte Nähmaschine oder der vererbte Teppich von Tante Klara. Irgendwann können wir diese alten Dinge nicht mehr sehen – sie haben einfach ausgedient.

Beim Kauf neuer Sachen sind wir dann wild entschlossen das alte Teil endlich zu entsorgen. Denn heute „entsorgt" man, früher warf man einfach nur weg.

Dabei fällt mir unser alter Küchenschrank ein, der einer modernen Einbauküche Platz machen sollte. Endlich musste er weichen, dieser alte, demolierte Schrank, dessen Türen nicht mehr richtig schließen – einer fehlt sogar eine Scheibe. Doch das fiel nicht sonderlich auf, da eine kleine Rüschengardine, vor langer Zeit mal von Oma Müller genäht, diesen Makel gnädig verdeckte.

Allerdings – als er nun ausgeräumt – und Stück für Stück aus ihm auf den Küchentisch gestellt wird, kommen doch tatsächlich diese Erinnerungen wieder, die wir längst begraben hatten. Schon tut es mir leid, so rigoros seinen Auszug bestimmt zu haben. Ganz fair sind wir alle jetzt sicher nicht zu ihm.

Denn unser Schrank ist nicht einfach nur alt, er ist auch benutzt, es hängen Geschichten, die rund um sein Dasein mit uns passiert sind, an ihm.

Ich erinnerte mich plötzlich daran, wie unsere Katja zu unserem Schreck die Erklimmung des Matterhorns an ihm übte, und Daniel sich damals lustvoll mit der unteren Tür durch die Gegend schwingen ließ, bis das Scharnier streikte.

Alte Gegenstände neigen wohl alle dazu, uns vergangene Geschichten zu erzählen – vielleicht um einer Entsorgung zu entkommen?

Auch dieser alte Küchenschrank machte uns den Abschied nicht leicht.

Ziemlich unfair von ihm, denn jetzt fällt der Abschied doch schwer. War das seine Absicht? ...

Holgers Mandelentzündung

Nun traf es auch Holger, meinen stets vor Gesundheit strotzenden Gatten. Dicke Mandeln! Mit Leidensmiene sah er mich an.

„Ich glaube, ich muss zum Arzt", war sein kläglicher Kommentar.

„Kommst du mit?" Natürlich kam ich mit. Nicht nur ich, Tochter Katja schloss sich voller Mitleid ebenfalls an. Wie konnten wir ihn auf diesem schweren Gang allein lassen? Dick vermummt setzte ich Männe ins Auto. Ohne die sonst üblichen Bemerkungen über meine Fahrweise, nur trüb mit verschleiertem Blick vor sich hinbrütend, ließ er die Fahrt über sich ergehen.

Später die vorläufige Diagnose des Arztes: Die Mandeln müssen vermutlich raus. Welch eine Schreckensbotschaft! Da sich eine kleine Privatklinik der Praxis anschloss, war es möglich, ihn gleich vor Ort gründlicher zu untersuchen. Auf dem Flur hin und her wandelnd fieberten wir, Katja und ich, bang dem Ergebnis der Untersuchung entgegen.

Endlich öffnete sich die Tür und Holger kam mit hängenden Schultern aus dem Untersuchungszimmer. Sein jämmerlicher Anblick ging uns durch Mark und Bein.

„Red` schon, was passiert jetzt mit dir?", war meine mitleidsvolle Frage.

Mit schwacher Stimme, einem Dackelblick und fast dem Weinen nahe, flüsterte er:

„Ich muss jetzt hier bleiben."

War das jetzt wirklich mein Mann – dieses Häufchen Elend? Vor wenigen Tagen noch hatte er Gewichte gehoben, war auf den Händen gelaufen und hatte jedem, der es sehen wollte oder auch nicht, seine Kraftakte vorgeführt.

Fast hätten wir nun doch gelacht. Nun gut, wir begleiteten ihn bis zu seinem Krankenbett, halfen ihm hinein, ließen uns erklären, welche Gegenstände wir ihm unbedingt noch am gleichen Tag bringen sollten und verabschiedeten uns dann mit tröstlichen Worten von ihm. Sein leidvoller Blick, der uns bis zur Tür verfolgte, sprach Bände.

Zu Hause angekommen, begannen wir eifrig die gewünschten Dinge in Taschen und Tüten zu verpacken. Selbst ein kleiner Fernseher musste mit, ein Radio, Zeitungen, diverse Toilettenartikel und Wäsche in einer Menge, wie für vier Wochen Urlaub. Aber er sollte sich ja wohl fühlen, der Arme.

Wieder zurück öffneten wir leise die Tür und sahen Holger mit seinem Zimmerkollegen beim Kaffeetrinken sitzen. Er durfte natürlich an diesem Tag nur eine Kleinigkeit essen, wegen der bevorstehenden OP am nächsten Morgen. Alle mitgebrachten Dinge wurden nun von Katja und mir um sein Bett drapiert, damit der Leidende alles griffbereit erreichen konnte. Wir sprachen über Alltägliches, Dinge, die jetzt für einige Zeit ohne ihn erledigt werden mussten.

Alles wurde gut von ihm durchdacht, als hätte er vor, ein halbes Jahr in dieser Klinik zu verbringen. Nur den Hinweis auf sein Testament ersparte er uns taktvoller Weise. Wir gingen bald darauf mit dem Versprechen, ihn nicht zu vergessen und bestätigten ihm das ganz fest. Doch konnten wir es uns später nicht verkneifen, auf dem Flur ein wenig über ihn zu kichern. Hatten nicht schon viele Leute vor ihm diese kleine OP bestens überstanden?

Etwas erholungsbedürftig planten wir anschließend einen gemütlichen Abend zu Hause. Wir drei, mein Sohn Daniel hatte sich dazu gesellt, konnten endlich das Fernsehprogramm allein bestimmen, essen, wann wir wollten und lange telefonieren, ohne uns vom missbilligenden Blick und Zwischenrufen unseres Oberhauptes gestört zu fühlen. Auch die nächsten Tage waren verplant mit Dingen, die ohne meinen Gatten einfach mehr Spaß machten. Ziemlich ermüdet gingen wir bald darauf ins Bett, riefen uns noch ein fröhliches „Schlaft gut" – von Zimmer zu Zimmer – zu und schliefen endlich ein.

Plötzlich, mitten in der Nacht, ein forsches Klingeln an der

Tür. Ich schoss aus meinen Kissen hoch. Daniel, jetzt selbsterwähltes Familienoberhaupt für die nächsten Tage, schlich mit der Gaspistole seines Vaters – keiner wusste, wozu sich diese in dessen Besitz befand – die Treppe unseres Reihenhäuschens hinunter. Ich huschte ihm hinterher, Katja blieb zittern unter ihrer Decke liegen.

Jetzt ein lautes Klopfen und Rufen:

„Macht doch endlich auf, euer Papa ist wieder da!!" Wir sahen uns verblüfft an, bis mein Sohn hastig die Tür aufriss – tatsächlich, da stand er in voller Größe wohlauf und fröhlich, drängte uns zur Seite, stürmte in die Küche und rief:

„Na, was ist – ich bin wieder da, freut ihr euch denn nicht? – Junge, hol` doch mal eine Flasche Wein aus dem Keller, das müssen wir feiern!" Auf unsere verdutzten Fragen klärte er uns auf:

„Ich lass mich doch nicht operieren, Julia, schließlich hab` ich eigentlich gar nichts, und die anderen Zimmerkollegen meinten auch, man sollte mit den Mandeln nicht so schnell unters Messer gehen – meine Güte, das ist doch alles viel zu gefährlich, wisst ihr das denn nicht?"

Das war eine überzeugende Aussage. Wir mussten ihm hämisch grinsend zustimmen. Das war er nun, mein Händeläufer und Kraftprotz! Erschöpft von diesem ereignisreichen Tag gingen wir endlich alle ins Bett.

Früh am Morgen das schrille Klingeln des Telefons. Mir war sonnenklar, wer uns da anrief! Sofort gab ich meinem Gatten den Hörer in die Hand:

„Das kann nur für dich sein, Hase, sieh zu, wie du aus der Nummer rauskommst", bemerkte ich noch schadenfroh.

Er lauschte forsch für einen Moment in die Muschel und meinte dann:

„Ja Schwester, der bin ich – und sie können – wem sie wollen – die Mandeln entfernen, mir nicht! Soll der Doktor sich doch selbst operieren. Auf Wiedersehen!" Damit beendete er triumphierend das Gespräch und sah stolz in unsere grinsenden Gesichter.

Seine Sachen ließ ich ihn dann natürlich allein abholen. Die Blamage war mir zu groß. Schließlich glaubte ich jahrelang mit einem Helden, der sogar auf den Händen lief und ständig seine Muskeln spielen ließ, verheiratet zu sein. Aber vermutlich ist das alles noch kein Beweis dafür, heldenhaft eine so kleine Operation überstehen zu können. Doch merkwürdigerweise schwollen seine Mandeln seitdem nie wieder an ...

Die Schrothkur

Wir machten Urlaub im wunderschönen Schwarzwald – verbunden mit einer Schrothkur für mich – mein Mann Holger und ich. Einmal wollte ich dem Alltagsstress für eine kleine Weile entfliehen und meinen Körper entschlacken. Es handelte sich bei dieser Kur um eine spezielle Kost, ergänzt durch zwei kleine und zwei große Weißwein-Trinktage, was meinen Gatten beflügelte, mich zu begleiten.

Wir hatten im schönen Waldhotel „Zur Sommerfrische" gebucht. Die Zimmer waren nett, das Personal auch. Es gefiel mir alles bis auf das morgendliche Ritual, uns Kurende gegen fünf Uhr früh – dazu noch etwas unsanft – zu wecken. Doch damit nicht genug:

Die eifrige Pflegerin wickelte mich in nasse große Leinentücher – vorher eingeweicht in kaltem Wasser – damit ich diese dann bis zum Aufstehen durch meine Körpertemperatur erwärmen konnte, um den Kreislauf zu stabilisieren. Und das morgens um fünf Uhr!!

Noch jetzt graust mir bei dieser Vorstellung! Doch ich stand es täglich tapfer durch, während sich mein Gatte genüsslich im Bett umdrehte, nachdem ihn meine spitzen Schreie während dieser Prozedur geweckt hatten, um dann weiter zu schlafen, nicht ohne ein schadenfrohes Brummen von sich zu geben. War er doch nur meine Begleitung, ihn traf dieses harte Schicksal nicht.

Nach dieser Tortur erfolgte dann mein Frühstück mit einem kleinen Süppchen und einem Gläschen Weißwein. Jawohl, mit einem Gläschen Weißwein! Die folgenden Mahlzeiten waren ähnlich, nur gab es abends zur Abwechslung etwas mehr des fröhlichen Getränks.

Das allerdings verfolgte mein Holger doch etwas neidvoll, denn wer nicht am „Nasstuchwecken" beteiligt war, durfte mir beim Weintrinken leider nur zusehen, das hatte er wohl vergessen, der Gute, und so musste er sich damit bis zum

Abend gedulden, sollte man ihn nicht gar als Alkoholiker einstufen.

Zwischen den Mahlzeiten machten wir beide lange Spaziergänge, die ich in schwebendem Zustand erlebte. Alles schien in rosa Nebel getaucht, und dazu hatte ich nicht einmal ein schlechtes Gewissen wegen des häufigen Alkoholgenusses. Diente er doch ausschließlich meiner Gesundheit. Diese Gewissheit ließ mich – über den Tag verteilt – fröhlich ein Glas nach dem anderen trinken.

Wir hatten unseren „Bubu" mit, einen kleinen rotbraunen wolligen Mischlingshund, der uns munter auf unseren Sparziergängen durch den Wald begleitete. Auch er kam voll auf seine Kosten, denn wann hatte er schon die Möglichkeit, so viele Bäume mit seiner Duftnote zu versehen und Bekanntschaft mit Igeln und Eichhörnchen zu machen, auch, wenn diese nicht sonderlich an ihm interessiert waren.

Unermüdlich versuchte er durch sein fröhliches Bellen herauszufinden, ob nicht das eine oder andere Waldgetier doch mal einen Blick auf ihn werfen würde. Ich nahm auch das wahr, allerdings hatte sich mein Bubu durch meinen getrübten Blick in einen rot-braunen, hüpfenden Mob mit seitlichem Staubwedel verwandelt.

So durchschaukelte ich mit den Beiden unsere Wanderungen durch die Botanik. Alle drei Tage war ein Besuch beim Kurarzt angesagt, der den Zustand der gesundheitsbewussten Kurenden kontrollierte.

Da wir uns fleißig an die Anordnungen bezüglich der Flüssigkeitszufuhr hielten, war er mit uns sehr zufrieden. In den Mußestunden pflegten wir hin und wieder auch zusammen im gemütlichen Aufenthaltsraum zu sitzen und zu lesen, zu stricken und uns zu unterhalten, wenn auch manchmal, aufgrund unseres kurbedingten Zustandes, das Verfolgen der Themen dem einen oder anderen nicht ganz leicht fiel. Mein Erstaunen über die Geduld meines Gatten, den ganzen Tagesablauf mit mir gemeinsam zu verbringen, war nicht gering.

Besonders unsere Frauengespräche schienen ihn zu interessieren. Da sprach man über Strickmuster, Geburten, gesundheitliche Beschwerden, Kindererziehung und Probleme in den Beziehungen.

Alles Inhalte, von denen ich annahm, sie würden meinen Holger nicht im Geringsten fesseln. Denn es wurde nie – wirklich nie – über Automarken, Politik, Fußballergebnisse oder andere Männerthemen gesprochen. So konnte man sich irren! Nein, er gab sogar zu jedem Gespräch noch einen kleinen, klugen Kommentar ab.

Mal meinte er, die dort gestrickte Weste sähe schöner aus, wenn sie noch Knöpfe bekäme, dann machte er den Vorschlag, den Partner unserer Frau Kuhn mal so richtig eifersüchtig zu machen – damit er es endlich bleiben ließe, ständig die Blicke fremder Frauen auf sich zu ziehen – dann wieder empfahl er Frau Kahl bei Menstruationsbeschwerden eine Wärmflasche auf den Bauch zu legen, als spräche er aus eigener Erfahrung, mal empfand er das Make-up der Frau Stremmel als zu grell und riet ihr, es doch mit leichtem Rosa für die Lippen zu versuchen.

Auch für die Frisuren der Damen hatte er Tipps ohne Ende, wie zum Beispiel, dass Frau Hahne blonde Strähnchen besonders gut stünden. So allmählich kam mir der Verdacht, dass er Probleme mit seiner Identität bekommen könnte. War er nun mein Mann oder eine von uns? Woher hatte er bloß seine Informationen?

Sicher nicht aus seiner Autowerkstatt. Doch den anderen Frauen schien es nicht besonders aufzufallen, sich ständig über ihre Frauengeschichten mit einem Exemplar der anderen Gattung zu unterhalten.

Manchmal kamen auch Ehemänner, um ihren leicht benebelten Frauen einen Besuch übers Wochenende abzustatten. An gerade solch einem Tag war Damensauna angesagt, die ja bekanntlich auch der Entschlackung dient. Während die Sauna aufgeheizt wurde, saßen wir wieder alle vereint in unserer „Klönecke", diesmal allerdings in gemischter Runde, denn auch die Herren Stremmel und Hahne befanden sich in unserem Kreis.

Dann war es endlich soweit, wir durften mit dem Schwitzen beginnen, doch wollten wir das nicht, ohne unsere Handtücher, Peelingmasken, Haarkuren und Kosmetika aus den Zimmern holen. Auch Holger hatte anscheinend die Absicht, aus selbigem Grund unseren Raum aufzusuchen, denn er folgte mir unaufgefordert, was mich leicht irritierte. Herr Stremmel sprang ebenfalls auf und machte sich auf den gleichen Weg wie seine Gattin.

Das registrierte mein Holger ziemlich verwundert und sprach diesen dann völlig empört und lautstark an:

„Wieso SIE, Herr Stremmel? – es ist DAMENSAUNA!"

In diesem Moment zweifelte ich an seinem Verstand.

Was passierte da in ihm? Hatte er etwas vergessen? Vielleicht, dass er doch eigentlich auch ein Mann war?

Ich sah ihn mit strenger Miene an und sprach die vernichtenden Worte:

„Und DU? Wo wolltest du denn eben hin? Auch deine Peelingmaske holen? Holger, auch DU bist ein Mann!!"

Mich traf sein Blick, als hätte ich ihm verkündet, unser Haus wäre soeben abgebrannt.

Völlig hilflos sah er dann in die Runde, als wollte er eine Bestätigung der anderen Damen dafür, dass ich mich irrte.

Als er jedoch nur in grinsende Gesichter sah, schien er zu begreifen. Außer einem gemurmelten:

„Meine Güte, Julia, ist mir das peinlich", fiel ihm nichts weiter ein.

Er setzte sich mit hochrotem Kopf eilig wieder auf seinen Stuhl, rief nach dem Kellner, bestellte sich mit betont tiefer Stimme ein Bier für sich und Herrn Stremmel, vertiefte sich dabei in seine Tageszeitung, die er dann auch noch verkehrt herum hielt ...

Fiete und Minchen

Schon im Sommer fing ich damit an – zuerst mit den Erdbeeren. Es sollte mal wieder ein Rumtopf für die Vorweihnachtszeit werden. Das halbe Jahr über schichtete ich nun schon Obstsorte für Obstsorte in meinen großen, von Hand bemalten Tonkrug, fügte reichlich Zucker und Rum dazu und überließ ihn dann sich selbst zur Gärung. Dann endlich war es soweit: Der Rumtopf war fertig und wir beide – Holger und ich – wollten uns zum Probieren einen gemütlichen Abend am ersten Advent machen.

Holgers Idee, unsere Nachbarn dazu einzuladen, gefiel mir, wobei es sich hierbei um ein ziemlich temperamentvolles Pärchen handelte. So gab es meist regelmäßig den schönsten Ehekrach, wenn anlässlich irgendeiner Feier plötzlich der so bekannte Elvis-Titel „Love me tender" erklang.

Nämlich genau immer dann erinnerte sich Minchen an ein Geständnis ihres Gatten im Rausch der Sinne vor Jahren, dass er lange vor ihrer Zeit mal in eine Lotti verliebt war, und ihr gemeinsames Lied eben dieses berühmte „Love me tender" gewesen sei. Hätte er damals bloß nichts gesagt!

Sie unterstellte ihm seitdem regelmäßig, schon beim ersten Akkord des so verhassten Liedes, in Erinnerung an jene verflossene Liebe zu schwelgen. Seine Empörung darüber konnte ihre Gedanken nicht zerstreuen, es blieb dabei, sie wusste so was ganz genau!

Bei uns würde Elvis heute Abend auf keinen Fall sein „Love me tender" singen dürfen. Der Tisch war mit Kerzen, Fisch-, Käse- und Salathäppchen hergerichtet, und wir machten uns gemeinsam auf den Weg, die beiden einzuladen. Freundlich öffnete uns Fiete die Tür.

Minchen saß bereits gelangweilt auf dem Sofa, wie meist. Selbst optisch waren sie ein etwas ungleiches Paar: Fiete, von fast knabenhafter Statur, von ihr manchmal auch „Spargeltarzan" gerufen, Minchen dagegen umso gewichtiger, in schlechtesten Zeiten wog sie sogar zwei Zentner! Schuld daran waren natürlich ihre fünf Kinder, deren Geburten beide in streitfreien Tagen vorbereitet hatten, und nicht die unzähligen, von ihr so heißgeliebten, Colas.

Unseren Vorschlag, den Abend mit uns und unserem Rumtopf zu verbringen, versetzte Minchen in Begeisterung.

„Ich ziehe mir nur schnell eine andere Bluse an, Julia", jubelte sie und wollte aus dem Zimmer eilen, als sie das mürrische Gesicht ihres Gatten sah.

„Ich bin müde und gehe lieber ins Bett", war sein Kommentar. Minchens Gesicht wurde zusehends länger.

„Meine Güte, was bist du bloß für ein langweiliger Kerl, kannst du nicht e i n m a l etwas mitmachen – wenigstens mir zuliebe?", fuhr sie ihn an.

Er wurde etwas lauter:

„Dass ich die ganze Woche schwer arbeiten muss und sonntags mal die Füße hochlegen möchte, scheint dir wohl entgangen zu sein. Also, lass` mich in Ruhe!!", polterte er.

Wir entfernten uns langsam rückwärts in Richtung Haustür. Diesen Krach sollten die beiden allein austragen, wir wollten uns die gute Laune nicht verderben lassen. Leise schlossen wir die Tür hinter uns – was beide nicht bemerkten – und hörten ihre immer lauter werdenden Stimmen noch auf dem Weg zu unserem trauten Heim. Was ging es uns an?

Bald danach saßen wir gemütlich vorm Fernseher, ließen uns die leckeren Schnittchen schmecken und hatten bereits das erste Glas des köstlichen Rumtopfs geleert. Plötzlich klingelte es an der Haustür, und Holger sprang auf.

Fiete stand mit verlegenem Grinsen draußen.

„Sie ist ins Bett gegangen, ich war viel zu wütend, um jetzt auch schlafen zu können. Also, schenk` ein und mach` Striche, Holger", witzelte er fröhlich.

Wir schmunzelten, sprachen nicht mehr über den Vorfall und sahen uns nun zu dritt eine lustige Sendung an, immer fröhlicher werdend, je öfter wir unsere Gläser leerten.

Sogar ein kleines Tänzchen wagten wir zwischendurch.

Auf dem Höhepunkt des nun doch noch lustigen Abends warf ich zufällig einen Blick in Richtung Terrassentür. Plötzlich ein Schatten draußen in der Dunkelheit – Minchen im Bademantel – unter dem ihr gerüschtes Nachthemd hervor sah – angestrahlt von unserer Außenleuchte!

Sie versuchte, indem sie ihre Nase an der Scheibe platt drückte und ihre Hände wie Scheuklappen um ihre Augen legte, zu erkennen, wer sich außer uns beiden noch in unserer Stube lautstark am Mitsingen der Lieder aus der Flimmerkiste beteiligte, was sie vermutlich bis in ihr Schlafzimmer durch unsere geöffnete Fensterklappe gehört hatte.

Bevor ich reagieren und die Terrassentür öffnen konnte, war sie verschwunden. Kurz darauf klingelte es vorn an unserer Haustür. Wir drei sahen uns vielsagend an, Fietes Blick war mehr als schuldbewusst.

Mutig ging ich zur Tür und öffnete. Natürlich stand Minchen draußen mit zerzauster Frisur und schiefer Brille, schnappte nach Luft, fuchtelte mit den Armen und schimpfte:

„Das darf ja wohl nicht wahr sein! Du bist doch das Letzte, Friedhelm Meier!"

Er hieß grundsätzlich Friedhelm, wenn der Haussegen schief hing.

„Es ist wohl das Beste, ich packe meine Koffer und ziehe zu meiner Mutter!", drohte sie mit den Armen fuchtelnd.

Ich bat sie herein zu kommen und vorerst die Reise zu verschieben. Sie lehnte ab:

„Bestimmt nicht Julia, nachdem, was Friedhelm sich hier geleistet hat!", schimpfte sie nun unter Tränen. Ich konnte sie sogar verstehen. Auch der Meinige hätte sich solches Tun nicht erlauben dürfen.

Fiete blickte aus sicherer Entfernung, getrennt von Minchen durch unseren Flur, in ihre Richtung. Eine ganze Weile entrang sich nicht ein Wörtchen seinen Lippen.

Doch dann meinte er ganz mutig:

„Mach` doch jetzt bitte kein Theater Minchen, ich komm`
ja schon mit."

Damit bewegte er sich mit gesenktem Kopf langsam auf
sie zu. Ihr ausgestreckter Arm mit Daumen in Richtung
nächtlicher Dunkelheit weisend und den gezischten Worten:

„Sieh` zu, und bisschen zackig, Friedhelm", ließ ihn seinen
Schritt beschleunigen.

Minchen warf uns noch einen funkelnden Blick durch ihre
tränenfeuchten, starken Brillengläser zu – dann fiel die Tür
ins Schloss, und wir waren wieder allein.

Mein Holger drehte die Musik lauter, grinste mich an, forderte mich erneut zu einem Tänzchen auf und raunte mir
dabei ins Ohr:

„Mensch, bin ich froh, dass du nicht so eine Zicke bist,
Julia."

Wahrscheinlich hatte er ganz vergessen, dass auch wir
schon „zickige" Diskussionen ohne Ende hatten – allerdings
ging es dabei nicht um meinen Rumtopf und auch nicht um
„Love me tender" ...

Der Einkaufsbummel

U nd dann sagte ich mir neulich:
„Julia heute machst du dir mal einen schönen Tag und kaufst dir etwas Hübsches." So, und nun bin ich hier in diesem Einkaufszentrum und werde mich ins Getümmel stürzen.

Vielleicht finde ich ein Teil, das mir gefällt, das nicht zu teuer ist, wunderbar passt und dazu noch außergewöhnlich gut aussieht. Es könnte ein Pulli, eine Hose, eine Weste oder eine Jacke sein. Gedanklich sah ich mich schon vor Holger, meiner besseren Hälfte, herumtänzeln, um sein begeistertes:
„Das sieht ja toll aus!" zu hören.

Überall waren diese Lämpchen – die Passage von ihnen in schmeichelndes Licht getaucht, leise Berieselung durch Instrumentalmusik sollte dem Ganzen eine entspannte Stimmung geben. Hier roch es nach Brathähnchen, an der nächsten Ecke nach Kaffee.

Vielleicht sollte ich mich erstmal an einem leckeren Cappuccino laben? Hier beim angeblich gemütlichen Sitzen im lärmenden Kaufhaus, dem Klappern von Geschirr und Geschrei einer Mutter nach ihrem weniger braven Kind, dazu Gekrächze aus unsichtbaren Lautsprechern mit Werbung über Krawatten im Hawaiilook, Kochtöpfen im Röschenmuster und Kinderbüchern mit Lesezeichen, überlege ich nun genau, welcher Laden zuerst angesteuert werden soll. Es wird der mit den Jacken sein. Dabei überfliege ich gedanklich meine finanziellen Möglichkeiten.

Dort angekommen fallen mir unter all den aufgereihten Teilen einige besonders auf. Mit einem Arm voll ausgewählter Stücke betrete ich die Kabine, meine eigene Jacke an den Haken gehängt, schlüpfe ich in eine neue.

Ein Blick in den Spiegel: „Puttchen Brammel" in Person. Wieder raus aus der Jacke – in die nächste `rein. Wahrscheinlich sollte ich erst mal abnehmen, denn wie ein Würfel sah ich eigentlich noch nie aus, obwohl ich dabei schon berücksichtigte, dass grundsätzlich noch niemand in diesen Kaufhausspiegeln besonders vorteilhaft aussah. Jetzt das nächste Exemplar. Na, ja, als „Tante Friedlinde aus Wulmenau" wollte ich mich Holger ja nun auch nicht präsentieren.

Alle Jacken werden von mir wieder ordnungsgemäß an den betreffenden Ständer zurück gehängt. Jetzt dürfen die nächsten drei zur Anprobe antreten. Nun wird es schon besser. Eine gefällt mir ganz gut. Blau, mit Taschen, leicht tailliert, in Blazerform.

Die möchte ich eigentlich ganz gern kaufen. Auf dem Weg zur Kasse kommen mir Überlegungen, wie: Vielleicht passt das Blau der Jacke überhaupt nicht zum Blau meiner Hose? Außerdem sollte sie noch zum braunen Rock und zur grauen Hose tragbar sein. Ich überleg`s mir noch. Damit hänge ich auch sie zu den anderen.

Nun in den nächsten Laden: Sollte ich mich dennoch für die Jacke entscheiden, wäre auch ein passender Pullover angebracht.

Wo fange ich an? Gelb würde sicher gut darunter aussehen. Also, alle gelben Pullover zu mir. Wieder den Arm voller Teile, rein in die Kabine. Mein eigener Pulli muss weichen, ein neuer wird über den Kopf gezogen. Wieder so ein Dickmacher!

Der fünfte könnte es nun sein, der mit dem V-Ausschnitt. Doch da ich nicht ganz sicher bin, ob ein anderes Stück nicht wichtiger wäre, landet auch er bei seinen Mitstreitern und ich in einem Schuhgeschäft. Zum Herbst brauche ich eigentlich unbedingt ein paar neue Schuhe, fällt mir gerade ein.

Schon sitze ich umgeben von ganz vielen, probiere hier, probiere da – meine eigenen Schuhe nicht aus den Augen lassend. Denn im schlimmsten Fall könnten sie in einem Schuhkarton landen und für lange Zeit nicht mehr auffindbar sein, was mir einen Heimweg ganz ohne Schuhe bereiten könnte oder den Kauf eines Paares, das mir überhaupt nicht gefällt – weil nichts anderes da sein würde.

Dann werde ich fündig – fahre aber trotzdem unverrichteter Dinge erst einmal erschöpft nach Hause, um meine verwirrten Gedanken zu ordnen.

Was benötige ich nun wirklich, welcher Preis war annehmbar und welches Teil gefiel mir am besten? Ich überschlafe das Ganze, begleitet von wirren, lauten Einkaufsträumen, von denen mein selig träumender Holger nichts ahnt.

Am nächsten Tag ein neuer Anlauf. Die Wahl fällt heute endgültig auf die Schuhe. Ich werde unten anfangen, und mich dann langsam nach oben hinauf arbeiten – nur die Kopfbedeckung lasse ich aus, denn einen Hut, eine Mütze oder möglicherweise ein Kopftuch trage ich mit Sicherheit nicht. Zu Weihnachten habe ich meine Garderobe bestimmt komplett.

Zufrieden fahre ich mit dem Schuhkarton nach Hause, verabrede mich für den Abend mit ein paar Freundinnen, um sie dann auch gebührend bewundern zu lassen, die neuen Schuhe, nachdem mein Gatte dies bereits getan hatte.

Natürlich habe ich niemanden auf den Neukauf aufmerksam gemacht – nein, ich habe nur so ganz zufällig meine Füße in eine nicht zu übersehende Position gerückt. Und da war es dann endlich soweit, dass ich den ersehnten Satz:

„Oh, hast du neue Schuhe? Die sehen ja toll aus!", hören konnte ...

Die Jahre vergingen, vieles hatte
sich in meinem Leben verändert:
Holger und ich sind lange geschieden,
die Kinder erwachsen, Katja mit Sven
verheiratet, Daniel lebt mit Karina und
ihren drei Mädchen zusammen, und ich
bin in eine andere Stadt gezogen.
Doch meine kleinen Geschichten aus
dem Alltag schreibe ich
immer noch auf ...

Das altvertraute Sieb

*M*eine Katja machte die Bemerkung:
„Wie abgenutzt sieht dein Sieb bloß aus, Mama?
Gib mir doch mal das neue, dieses hier ist ja fast peinlich!"
Die Situation war mir etwas unangenehm, denn sie war mit
Sven, meinem Schwiegersohn, zu Besuch. Es sollte ein le-
ckeres Nudelgericht geben und sie diese nun abgießen.
„Das ist schon uralt und stammt noch von deinem Opa",
war meine etwas hilflose Erklärung.
Ihr Blick wurde verträumt bei dem Gedanken an ihren
verstorbenen Großvater und die Antwort nicht mehr ganz
so vorwurfsvoll:
„Von Opa – ach so."
Mir fielen Bilder dazu ein wie: Mein Vater, der mit mir
allein lebte, steht im weißen Kittel – keiner weiß, warum er
diesen immer zum Kochen trug – in der Küche und bereitet
das Essen vor.
Vielleicht hat er diesmal keine Nudeln sondern Gemüse
durch das Sieb ablaufen lassen. Ich höre seine Stimme noch:
„Julchen, was machst du denn so lange, wir wollen jetzt
essen." Ich kam an unseren, von Männerhand, gedeckten
Tisch.
Es war nicht alles so, wie es hätte sein sollen. Das Besteck
lag nicht an seinem Platz, die Teller standen wahllos irgendwo auf dem Tisch, ein bisschen Soße war auf die Decke ge-
kleckert, Flecke, die sich auf seinem Kittel wieder fanden.
Aber es schmeckte, ER hatte gekocht und in dieser Kunst
verstand er sich.
Später stand dann ICH in der Küche, die ganze Familie –
mein Mann Holger, unser Sprössling Daniel und das Nesthäkchen Katja – warteten auch auf meinen Ruf durchs Haus:
„Kommt essen!"
Sicher gab es mal wieder die heißgeliebten Spaghetti mit
Tomatensoße. Nur war der Tisch diesmal stilvoller gedeckt,
eben von   Frauenhand.

Wen störte da das auch jetzt schon leicht lädierte Sieb?
Nun wurde mir die Unansehnlichkeit durch die Bemerkung
meiner Tochter wieder bewusst. Wir sprachen noch ein
Weilchen über unseren heißgeliebten „Opa".

Katja verlangte jetzt nicht mehr von mir, es wegzuwerfen.
Im Gegenteil, sie bat mich, sollte ich es nicht mehr brauchen
– was auch immer das heißen sollte – es ihr zu geben.

Ein einfaches Plastiksieb – von kleinem Preis und hässli-
chem Gelb – wertvoll geworden durch Bilder, die es in uns
geweckt hat ...

Der Traumjob

Nun hatte ich den Job. Dabei war ich gar nicht so sicher, ob ich ihn eigentlich wollte. Egal.

„Melden sie sich mal persönlich morgen früh um 10 Uhr bei mir, wir besprechen dann alles weitere", klang es aus dem Hörer.

Er war Rechtsanwalt und Notar, mein neuer kleiner Chef. Wir wurden uns damals schnell einig, und ich arbeite nun schon seit Monaten stundenweise bei ihm, dem Herrn Hafer. Wenn ich hier auch nichts Gravierendes erfuhr, so doch eines ganz bestimmt: was ein Choleriker ist.

Sich ständig über seine graue Haarpracht streichend suchte er mit unruhigem Blick nach irgendwelchen Unregelmäßigkeiten, um sie pedantisch zu korrigieren. Oft läuft er tobend und schreiend durch seine Kanzlei, der kleine Mann. Anfangs dachte ich, der Ärger über die Unkenntnisse der Neuen, also meine, wäre so aufreibend, dass er sich einfach Luft mache müsse. Doch dann merkte ich bald: Es ging überhaupt nicht um mich.

Vermutlich glaubte er, sich nur dann Gehör verschaffen zu können, wenn die Wände unter seinem Gebrüll wackelten. Oder schulte er so seine Stimme für öffentlichkeitswirksame Plädoyers im Gerichtssaal, sollte es dazu kommen? Denn zum größten Teil fungierte er als Notar. Machte ihm vermutlich mehr Spaß, dem Herrn Hafer, der trockene Kram, trockener, als Haferflocken ohne Milch.

Doch beklagte er trotz allem häufig sein notarielles Schicksal, schimpfte über Mängel in der Kanzlei und zu wenig Personal, was er mit Sicherheit nicht verdient hätte, wie er mir erklärte. Wieso verließen ihn Fachkräfte so oft?

Seine lockenden Anrufe später bei der betreffenden Dame waren meist erfolglos, sie kam selten zurück, nicht zum Binden von Urkunden und auch nicht, um fachbezogene Post zu erledigen. Da blieb ihm nur noch ich übrig, „bloß" Sekretärin, mit der Materie einer Anwaltskanzlei nicht sonderlich vertraut. Denn was war eine „Auslassung", was eine „Beurkundung" im Detail?

Wie konnte ich seine anwaltliche Routinearbeit erledigen? Eigentlich überhaupt nicht. Denn ihm fehlte die Zeit, mich fachgerecht einzuarbeiten. So blieb mir nur, seine Texte vom Band zu schreiben und ihn in das Geheimnis der Bedienung seines Computers einzuweihen. Doch ich glaube, er wird es vermutlich nie so recht begreifen.

Seine tobenden Monologe, in denen er mal wieder den Weggang seiner letzten Mitarbeiterin geklagte, und dabei vor meinem Schreibtisch auf wippenden Zehenspitzen tänzelte, hörten sich in etwa so an:

„Das darf doch alles nicht wahr sein – was haben die Leute bloß für eine Arbeitsmoooraaal!! Wer bin ich denn? Halleluja, wer bin ich denn?"

Ich beantwortete diese Frage nicht. Mir blieb nur ein Grinsen. Kurz darauf hörte ich ihn aus seinem Büro laut und kunstvoll mit den Lippen die „Alten Kameraden" trompeten, so dass ich anfangs dachte, er hätte hinterm Schrank eine Tuba versteckt. Hin und wieder ließ er sich sogar dazu hinreißen, das seit einiger Zeit durch unsere Medien fröhlich publik gemachte Wort „Sch..." lustvoll durch seine kleinen Räume zu schreien. Es war müßig, nach der Ursache zu fragen. Irgendetwas zum Ärgern fand er immer.

Manchmal wurde Notar Hafer von seiner ihn um einige Zentimeter überragenden Gattin besucht. Übung machte in diesem Fall den Meister. Denn sie versteht es meisterhaft, mit ihrem aufgeregten Gatten umzugehen, was sie auch mir vor einigen Tagen bewies, als er mal wieder von einem seiner Wutanfälle übermannt wurde.

Ich beobachtete ihn still, wartete darauf, dass der Ausbruch bald vorüber gehen möge. Mitten in seine Tirade hinein trat nun die Gattin des Tobenden in Erscheinung. Kühn erfasste sie die Lage. Milde lächelnd ging sie auf ihn zu, schlang unerwartet die Arme um seinen Hals und stellte ihm gurrend die leicht verwirrende Frage:

„Was ist denn bloß los, mein Hase? Willst du einen Kuss?"

Vermutlich wollte „Hase" keinen Kuss. Ich war etwas erstaunt, wie man den ehrwürdigen Herrn Notar in seinen Geschäftsräumen nur so nennen und ihm diese Frage stellen konnte. Verärgert versuchte er, sich aus ihren Armen zu winden: „Nein, ich will keeeiiinen Kuuuss!!"

Er schaffte es nicht. Aber sie schaffte es, besagten Kuss auf seine Denkerstirn zu drücken und ließ ihn dann endlich lächelnd mit einem wissenden Blick in meine Richtung los. Der Herr Notar rückte seine Krawatte zurecht, strich sich übers brav gescheitelte Haar und sah leicht verlegen zu mir herüber. Ich platzte bald vor Lachen, wandte mich schnell ab.

Neulich versuchte ich ihn in guter Absicht mit dem Ausspruch „In der Ruhe liegt die Kraft, Herr Hafer" zu beschwichtigen: Es schien ihn nicht sonderlich zu beeindrucken und er klärte mich sogleich auf:

„Das mag ja bei ihnen zutreffen, sie Sonnenkönigin, bei mir jedenfalls nicht!"

Ich ließ gerade noch geschmeichelt die „Sonnenkönigin" in mir nachklingen, schrieb dabei entspannt seine Briefe am Computer, seiner Stimme aus dem Diktiergerät dabei gebannt lauschend, als er plötzlich meinen Raum betrat, nachdem er sich zuvor mal wieder lautstark in seinem Büro bedauert hatte. Mich nicht beachtend schoss er an mir vorbei, öffnete die nächste Tür, um mit hoch erhobenen Händen und dem energischen Ausruf:

„Halleluja, ich wollt` ich wäre tot!!" dahinter zu verschwinden.

Hoffentlich wurde dieser Ausruf an anderer Stelle überhört. Was waren das denn für Gelüste? Damit war ich überhaupt nicht einverstanden. Schließlich wollte ich ihm doch noch einige Zeit zu Diensten sein. Und was würde seine liebe Gattin dazu sagen?   Und wer, wenn nicht er, würde mich weiterhin so erheitern können? ...

An Gottes Segen ...

*E*r war wunderschön kitschig, unser alter Kuchenteller
mit der Aufschrift:

„An Gottes Segen – ist alles gelegen"

in schnörkeligem Gold, unterbrochen von gelben Tulpen auf
hellgrünen Blättern, alles sehr filigran.

Ich kann mich nicht erinnern, wie lange ich ihn schon
kannte. Wahrscheinlich schon immer. Natürlich wurde er
stets gehegt und gepflegt und nur benutzt, wenn wir Gäste
hatten. Schon als ich ganz klein war, stand er bei besonderen
Anlässen auf der stilvoll gedeckten Kaffeetafel.

Eine weiße, gestärkte Tischdecke lag unter ihm, daneben
stand das Milchkännchen, die Kanne mit Tropfenfänger und
dem duftenden Kaffee, dazu die Kuchenteller mit den passenden Tassen – die mit dem Goldrand und den gelben kleinen Tulpen. Zwischen allem stand eine Vase mit Flieder
oder anderen Blumen der Jahreszeit. Zu Weihnachten war es
allerdings ein Tannenzweig mit kleinen bunten Kugeln und
winzigen Holzfiguren.

Doch ich sah eigentlich nur das, was auf ihm lag: Tortenstückchen mit Obst gefüllt, gekrönt mit Sahnehäubchen, die
mich dazu verleiteten, heimlich mit dem Finger einen kleinen, unauffälligen Tunnel durch die Stücke hindurch zu
bohren in der Hoffnung, niemand würde es sehen, um ihn
dann genüsslich abzulutschen.

Wobei ich meist sehr oft erschrocken, nach den Worten:
„Finger weg, Julia!" zusammen zuckte.

So wurde dieser wunderschöne Tortenteller über Jahre in
regelmäßigen Abständen aus der alten Glasvitrine genommen, leicht mit dem Geschirrtuch abgewedelt und aus gegebenem Anlass mit leckeren Törtchen bestückt. Im Laufe der
Zeit verblasste die Goldschrift und auch die Tulpen mit den
hellgrünen Blättern wurden immer farbloser. Bewundert
wurde er allerdings immer noch egal, wer sich ein Stückchen
Torte von ihm herunternahm –wahrscheinlich auch wegen

seines Alters – mich hat allerdings aus diesem Grund noch keiner bewundert.

So begleitete mich der alte Tortenteller fast durch mein ganzes Leben – sah mich erst als kleines Pummelchen mit Ponyfrisur, dann mit Zöpfen als Schulmädchen, später mit jugendlichem Pferdeschwanz, danach mit damenhaften Dauerwellen, jeweils in verschienen Haarlängen, während ich die Tortenstückchen auf ihm anrichtete. Das Bohren mit dem Zeigefinger hatte ich längst aufgegeben, konnte ich doch jetzt ganz zwanglos naschen – bevor die Gäste kamen.

Nun sind wir also beide etwas älter geworden, der wunderschöne Tortenteller und ich. Allerdings wurde er in letzter Zeit immer seltener aus dem inzwischen modernen Küchenschrank geholt, was er mir sicherlich verzeiht.

Neulich jedoch kam er wieder zu Ehren, als Katja ihn in Schrank „irgendwo ganz unten" entdeckt hatte. Kommentar meiner Tochter:

„Was, du hast ihn immer noch, Mama? – Darf ich den haben?" Natürlich durfte sie.

So musste er auf seine alten Tage sogar noch einmal umziehen, denn sie nahm ihn mit in ihre kleine Wohnung. Ich hoffe, die Fahrt mit dem Fahrrad war nicht zu anstrengend für ihn, und mir wird bald – wieder aus gegebenem Anlass – nämlich meinem nächsten Besuch bei Katja – ein Törtchen auf ihm angeboten.

Und natürlich werde ich ihn dann ebenfalls bewundern, weil er`s halt so gewöhnt ist ...

Unser Ausflug

Wir fuhren über die Bundesstraße in Richtung Hamburg nach Hause. Katja, Sven, mein Schwiegersohn und ich. Es war mein Auto, doch Katja lenkte es an diesem wunderschönen Sommerabend. Neben uns Sonnenblumenfelder, über uns die blasse Sichel des Mondes, vor uns die Rücklichter einiger weniger Wagen.

Katja hatte die Lieblingskassette ihrer Mutter – also meine – eingelegt. Doch unsere Stimmung war trotz des lauen Abends gereizt. Sven, mein Lieblingsschwiegersohn – ich hatte allerdings nur den einen – machte es sich auf dem Rücksitz bequem, war an der langsam aufkommenden Diskussion über angebliche Mängel an meinem Fahrzeug wenig interessiert.

Wir hatten einen mittelprächtigen Tag bei einem Bekannten in Hildesheim verbracht und uns am Nachmittag entschlossen, das Städtchen mit Lutz ein wenig näher zu betrachten, der sich dort ja gut auskannte.

Etwas vorschnell hatten wir unser Wiedersehen mit ihm und seinem vorzüglichen Wein schon über Mittag etwas zu intensiv begossen, bis auf Katja – schließlich sollte sie uns wieder schadlos nach Hause fahren. Nicht, dass wir betrunken gewesen wären, doch waren wir fröhlicher Stimmung. Sie fuhr uns nun schon eine ganze Weile durch das Städtchen. Lutz saß neben ihr, um sie besser einweisen zu können.

Die Kommunikation zwischen beiden klappte nicht so richtig.

Lag es am Wein oder an den zu temperamentvoll geführten Gesprächen zwischen uns dreien, Lutz, Sven und mir – es war immer zu spät, wenn Lutz sie bat, die Fahrtrichtung zu ändern – Katja wurde zusehends gereizter und dann passierte das, was meistens in solchen Fällen passiert:

Sie stieg einfach aus – s i e die Fahrerin! Wir drei hinterher – danach machte uns die wütende Katja den, auch in solchen Fällen, üblichen Vorschlag, „doch allein weiter zu fahren, wenn es nicht möglich sei, ihr vernünftige Anweisung zu geben".

Da standen wir nun alle diskutierend auf der Straße. Lutz versuchte, sie mit Engelszungen zu überreden, uns das nicht anzutun und wieder einzusteigen.

Er forderte auch mich auf:

„Sag` du doch mal was, Julia!" So bemühte ich mich dann ebenfalls, meine Kleine umzustimmen, sie, die Einzige, die sich tapfer den Wunsch entsagt hatte, ebenfalls ein Gläschen des spritzigen Weines zu probieren.

Selbst Sven beteiligte sich am Bemühen um ihr Erbarmen. Endlich hatten wir Katja überredet, erneut ins Auto zu steigen, was sie mit grimmiger Miene tat. Wir drei folgten ihr eifrig, jeder setzte sich brav auf seinen Platz.

Ab sofort schwiegen wir respektvoll, folgten andächtig den Fahrmanövern der beiden Akteure und waren alle froh, nach Betrachten einiger Sehenswürdigkeiten und Verknipsen üblicher Fotos bei kurzen Halts, endlich auf dem angesteuerten Schützenfest angekommen zu sein.

Etwas versöhnlicher landeten wir in einem Biergarten, bestellten uns jeder einen leckeren Salat, dazu Apfelschorle ohne Nebenwirkungen und hatte dann doch noch einen gemütlichen Abend zusammen.

Irgendwann mussten wir zurück nach Hamburg und brachten Lutz vorher nach Hause.

Katja war immer noch bereit, uns wieder zu chauffieren, was wir gerne zuließen. Sven machte es sich auf dem Rücksitz bequem. Während der Fahrt diskutierten wir nun über die technischen Mängel meines Autos, Katja und ich.

Angeblich waren die Scheinwerfer ihrer Meinung nach nicht in richtiger Höhe eingestellt, und es verwunderte meine Prinzessin doch sehr, dass ich das nicht schon längst bemerkt hätte. Ich tat es mit dem Kommentar ab, dass dies überhaupt nicht möglich sei, denn mein Fahrzeug sei erst kürzlich in der Werkstatt zur Inspektion gewesen.

Sie fragte mich, wieso sie dann die Markierung und überhaupt die ganze Straße nicht erkennen könne? Ich klärte sie darüber auf, dass dies nicht wahr sei, denn ich sähe ja schließlich auch alles.

„Sagst du – Mama, sagst du – muss aber nicht stimmen!" Unsere Diskussion fing an, sich zuzuspitzen. Keinen Fußbreit wollte jeder von seiner Meinung zurückweichen.

Unser Sven fühlte sich allmählich in seinem Schlaf hinter uns gestört. Wir machten ihn beide – für einen Augenblick nun vereint – darauf aufmerksam, dass uns das nicht im geringsten interessiere, denn er könne froh sein, sich überhaupt dem Schlafe hingeben zu können, weil wir uns schließlich auch um seine Heimfahrt kümmern würden.

Es erfolgte keine Antwort von ihm, dafür erfreute er uns kurz darauf weiterhin mit leisem Schnarchen.

So konnten wir ungestört unsere heftige Auseinandersetzung fortführen. Wir blieben dabei: Die Scheinwerfer stünden nicht in der richtigen Position, denn Katja könne fast nichts erkennen – und: Es könne nicht stimmen, denn für mich war alles deutlich sichtbar. Danach schwiegen wir minutenlang, und das nicht, um Svens Schlaf nicht zu stören oder die nachtschwarze Landschaft zu genießen.

Dann war es mir zu dumm. Ich sah meine Katja von der Seite an, um abzuschätzen, ob es sinnvoll wäre, sie mit einem kleinen Scherz aufzuheitern. Ihr Blick ging stur geradeaus, ihr Mund verkniffen nach unten gezogen.

Ich wollte wieder resigniert nach vorne blicken, als ich sie einfach erneut ansehen musste, um zu prüfen, meinen Augen tatsächlich trauen zu können. Normalerweise wäre ich jetzt vom Stuhl gefallen vor Lachen, wenn ich auf einem solchen sitzen würde. Was war das denn da auf ihrer Nase?

Sie trug doch tatsächlich immer noch ihre Sonnenbrille!!! Ich grinste in ihre Richtung, fragte sie dann deutlich und betont langsam, ob es wirklich so sei, dass sie wegen meiner Scheinwerfer nichts sehen könne. Sie bestätigte es erneut – ebenfalls deutlich und betont langsam:

„Mama, was soll diese Frage? Es ist alles unverändert!"

In diesem Augenblick nun spielte ich meinen Trumpf aus:

„Meine Süße, dann solltest du die Sonnenbrille absetzen!!"

Katja griff sich erschrocken ins Gesicht und fühlte doch dort tatsächlich besagte Brille!

Ihr unbändiges Lachen klingt mir noch heute im Ohr ...

Svens Führerschein

*E*r war schon lange in Planung, der Führerschein von Schwiegersohn Sven. Ständig sprach er davon, ständig mahnte meine Tochter Katja ihn, sich endlich anzumelden. Immer war für ihn etwas anderes wichtiger. Wichtiger als ein Führerschein? Es musste etwas dahinter stecken. Sollte er etwa Angst haben? Er, ihr starker Teddy?

Also, fuhr stets sie ihr gemeinsames kleines Auto. Aber nicht einfach so! Selbstverständlich erteilte ihr der Gatte dabei Fahrunterricht, sobald er neben ihr saß. Auch, wenn er keinen Führerschein hatte, besagte das noch lange nicht, dass ihm die Straßenverkehrsordnung unbekannt war, vielleicht sogar weniger als ihr, wie er ihr erklärte. Denn sonst müsste er ihr ja nicht laufend diesen Unterricht erteilen. Sie glaubte langsam, ihr Fahrlehrer hatte damals ziemlich geschlampt. So sah es auch ihr Mann.

Doch nun hatte dieses Kümmernis bald ein Ende: Er machte tatsächlich endlich seinen eigenen Führerschein! Die theoretische Prüfung bestand er schon nach kurzer Zeit, indem er sich zurückgezogen und über seinen Büchern gebrütet hatte, feuchte Hände bekam, wenn man das Wort „Prüfung" nur aussprach. Die erste Hürde war also geschafft, und er konnte sich jetzt voll und ganz den praktischen Fahrstunden hingeben.

Doch schon der Gedanke an jede nächste Fahrt in Gesellschaft des Fahrlehrers brachte kleine Schweißperlen auf seine Stirn. Katja wagte schon fast nicht, ihn nach seinen Fortschritten zu fragen. Sofort bekamen seine Augen diese Starre und er konnte nur gequält murmeln:

„Frag` mich nicht!"

Ihr kleiner Liebling hatte also wirklich Angst vor diesem mobilen Blechhaufen – über das gebührliche Maß hinaus.

Das verdeutlichte ihr eine kleine Begebenheit, von der er ihr später berichtete: Sie fuhren vor einigen Tagen mutig auf der Autobahn, sein Fahrlehrer und er, als der dann die scherzhafte Bemerkung machte, dass er persönlich das von ihrem Gatten gelenkte Fahrzeug auf keinen Fall für sich erwerben würde, selbst wenn es noch so schnittig aussähe – schließlich führe es ja nur 80 km/h! Natürlich musste sie Katja grinsen.

Ihr den Termin der Fahrprüfung mitzuteilen, vermied Sven allerdings.

So konnte sie die eventuelle Überreichung des Führerscheins nur ahnen. Täglich beobachtete sie ihn:

Ging er eher oder später als sonst aus dem Haus? War er heute nervöser? Hatte er sich besonders nett angezogen und wieder diesen starren Blick? Sie rief ihre Mutter, also mich, an. Auch ich fragte ständig, wann ich denn nun endlich mein:

„Herzlichen Glückwunsch zum Führerschein, Schwiegersohn!!" in den Hörer jubeln könne.

Doch an diesem Morgen war alles anders: Katja verschlief ihre Zeit, hörte auch Sven nicht weggehen, stand irgendwann erschrocken auf und stolperte fast über das Bügelbrett. Es stand verräterisch quer im Zimmer. Aha, er hatte sich ein frisches Hemd gebügelt und dabei doch glatt vergessen, sie zu wecken. Also, war er ziemlich aufgeregt, was auf einen wichtigen Termin schließen ließ. Sie rief in ihrer Firma an, entschuldigte sich mit Kopfschmerzen und harrte der Dinge, die da kommen sollten.

Es war so gegen elf Uhr, als er plötzlich vor ihr stand.

„Du hattest heute Führerscheinprüfung – gib`s zu – ich weiß es ganz genau, Liebling – uuund?", fragte sie lang gezogen. Sein anfänglich finsterer Blick nach einem zuerst verzweifelten: „Durchgefallen" löste sich dann gleich in ein jauchzendes:

„Ach, Quatsch – ich haaab` iiihn!!!" auf.

Nichts freute Katja mehr, als das, und sie musste doch glatt ihrer Freude mit einer kleinen Träne im Augenwinkel Ausdruck verleihen!

Nun kam ein aufgeregter detaillierter Bericht über den

Ablauf der gesamten Prüfung. Dann der Anruf bei ihrer Mutter, also bei mir, worauf ich ebenfalls in Begeisterung ausbrach.

Gegen Abend dann das Debüt ihres Liebsten – er fuhr sie, seine Gattin, das erste Mal durch die Straßen. Doch sie wagte das Zurücklehnen noch nicht – musste erst sehen, wie er fuhr. Sie bemerkte, dass er langsam Herr über seine vier Räder wurde, und so fuhren sie so allmählich entspannt durch die Innenstadt.

Doch wie gern hätte sie ihn trotzdem darauf aufmerksam gemacht, dass die hier erlaubte Geschwindigkeit 50 km/h sei – aber schließlich hatte er soeben die Führerscheinprüfung bestanden und kannte sich bestens aus. Doch dann wurde sie langsam nervös, ihr Atem ging schneller – das leichte Trommeln ihrer Hand auf ihrem Knie bemerkte ihr Gatte nicht. Wie sollte sie ihm beibringen, ein wenig mehr auf das Gaspedal zu treten? Vielleicht durch den Hinweis:

„Blumenpflücken während der Fahrt verboten?" Das würde ihn zu sehr kränken.

Die Gelegenheit kam dann nach einigen Minuten. Plötzlich ein blinkendes Auto aus entgegengesetzter Fahrtrichtung. Leicht verwundert fragte ihr Liebling:

„Sag` mal, warum blinkt der denn jetzt?"

Sie klärte ihn mit sanfter Stimme und süßem Lächeln auf:

„Sicher will er uns auf eine Geschwindigkeitskontrolle in gefährlicher Nähe aufmerksam machen – doch sei ganz unbesorgt, das alles hat nichts mit uns zu tun, es geht dich überhaupt nichts an – schließlich wird man für gewöhnlich nicht wegen Unterschreitung der Fahrgeschwindigkeit bestraft – und schon gar nicht, wenn man wie du nur 35 km/h fährt, Schatz!" Seinen merkwürdigen Blick konnte sie lange nicht vergessen ...

Der Messerblock

E's klingelte – der Paketzusteller! Wieso? Ich hatte nichts bestellt! Trotzdem brachte er mir ein Paket, der Gute, nicht ohne wieder ein bisschen mit mir zu flirten. Dann war die Tür zu und ich gespannt. Schnell öffnete ich die Verpackung – ein Messerblock! Wie kam ich dazu? Ich las den Lieferschein: „Prämie – Rechnungsbetrag 0,00 €." Das war doch mal was, so ein Geschenk!

Vermutlich hatte ich auf einem Rätsel ein Kreuzchen gemacht und dann abgeschickt, wie man das manchmal so tut, mit etwas Hoffnung auf einen kleinen Gewinn. Bei einem Rundblick durch meine Küche stellte ich allerdings später fest, überhaupt keine weiteren Messer zu benötigen.

Weihnachten stand vor der Tür, und diese Tage verlebte ich für gewöhnlich bei den Kindern, fuhr erst zu Daniel, dann zu Katja – oder auch umgekehrt.

„Dieses Jahr schenken wir uns aber nichts!"

War unsere alljährliche Abmachung, mit der alle angeblich einverstanden waren. Aber ein Messerblock als kleines Mitbringsel muss doch erlaubt sein. Ich kaufte wunderschönes Papier, klebte noch einen Tannenzweig auf den Karton und überreichte Daniel fröhlich mein kleines Präsent, das dann auch von allen gebührend bejubelt wurde. Messer, ja Messer konnten sie immer gebrauchen in einem Fünf-Personen-Haushalt.

Es wurden schöne Tage, danach fuhr ich zu Katja und Sven, ebenfalls mit einem kleinen Mitbringsel. Die Tage waren ebenso schön, wie die Tage bei Daniel und Karina mit den drei Mädels.

Dann war ich irgendwann glücklich erschöpft zu Hause, und uns blieb nur wieder das Telefon, häufig von uns allen genutzt. Wenige Tage später dann Katjas ungeduldiger Anruf:

„Hey, Mama, endlich denk` ich mal daran, wollte dich das schon immer fragen – sag` mal, ist eigentlich mein

Messerblock bei dir eingetroffen? Es kann nicht sein, dass es Monate dauert, bis einem ein Werbegeschenk für einen Neukunden zugestellt wird. Oder kannst du dir vorstellen, dass die mich betrügen wollen? Ich nicht!

Ach, ja, hatte ich dir denn nicht gesagt, dass du der Neukunde bist, Mama? Kann sein, dass ich es vergessen habe. Dachte, du sagst es mir schon, wenn ein Paket bei dir eintrifft, das du nicht zuordnen kannst. Also, was ist nun? Kannst du nicht auch mal was sagen, Mama?"

„Mama" fehlten die Worte! Was hatte ich denn da gemacht? Peinlich!

„Bist du noch dran?"

„Natürlich bin ich noch dran, Mausi. Zu dem Messerblock: Er ist schon vor Weihnachten angekommen – nur – dein Bruder hat sich sehr darüber gefreut."

„Wiiee bitte??? Ne, Mama, das glaube ich jetzt nicht – wieso hat Daniel ihn?" Ich erzählte ihr von meiner Blauäugigkeit, dass ich an einen Gewinn geglaubt hatte – an einen Gewinn – einfach so.

Sie klärte mich dann erst mal darüber auf, dass ich tatsächlich etwas naiv sei und in so einem Fall nachforschen müsse, ob ich tatsächlich an einem Rätsel teilgenommen hätte. Sie hatte ja Recht das gute Kind.

„Mama, ich will mich nun nicht aufregen, der Messerblock bleibt ja in der Familie." Klang sie ziemlich enttäuscht.

Über soviel Großzügigkeit war ich wirklich erstaunt, war sie doch gerade ein bisschen im Clinch mit ihrem Bruder. Vor lauter Rührung über ihr Verzeihen versprach ich, durch erneute Werbung durch mich würde sie ganz bestimmt noch zu ihrem Messerblock kommen.

Tja, und nun warte ich auf Anrufe guter Freundinnen, die alle über mein Problem informiert sind und unbedingt Mitglied in einem Buchclub werden wollen.

Doch anscheinend wird in meinem Bekanntenkreis nicht sehr viel gelesen. Und wie ist es mit Ihnen? ...

Die Damen mit den Blättchen

Es klingelte irgendwann bei ihnen. Wer könnte das sein? Erwarteten sie Besuch? Katja wüsste nicht. Auch ihr Gatte war von der Frage überfordert. Da bleibt nur, die Angelegenheit zu prüfen, was sie sofort tut.

Nein – daran hatte sie überhaupt nicht mehr gedacht! Die beiden reizenden älteren Damen „einer gewissen Sekte" standen mal wieder vor ihr. Wie vermittelt man ihnen, unerwünscht zu sein, ohne sie zu kränken? Sie lächelten Katja mit diesem milden Lächeln an, das unbekannte Aggressionen in ihr weckte. Doch wie kann sie das jemandem zeigen, der sie gerade so reizend anlächelt? Eigentlich blieb ihr nichts anderes übrig, als genauso liebreizend zurück zu lächeln. Als alle genug gelächelt hatten, begannen sie mit ihrer Bekehrungsarbeit. Sicher sind dem einen oder anderen diese Texte auch bekannt.

Katjas gelangweiltes Gesicht nahmen die beiden nicht zur Kenntnis, sprachen ihre Litanei im Wechsel mit ernsthafter Miene herunter, vermutlich zum xten Mal, und drückten ihr am Schluss eines ihrer berühmten Loseblättchen mit dem genauso berühmten Heftchen „Der Wegweiser" in die Hand. Wieder ihrer aller Lächeln, ein Kopfnicken und die besten Wünsche für die nächsten Tage – mit dem Hinweis auf Aussicht eines erneuten Besuches in nicht allzu langer Zeit.

Dann wandten sie sich endlich in Richtung Treppe, und Katja konnte die Wohnungstür schließen. Männe fragte scheinheilig, wer denn das gewesen sei. Natürlich hatte er sich mal wieder davor gedrückt, sie im Türrahmen mit berühmtem Lächeln zu unterstützen. Jedenfalls sind sie nun die beiden bis auf weiteres los.

Dabei fiel ihnen ein, dass man die freundlichen Damen eventuell für immer los sein könne, wenn man sie nicht in das süße Geheimnis ihres bevorstehenden Umzugs einweihen würde. Insgeheim freuten sich Katja und Männe auf diese Aussicht. Die Vorstellung, sie würden an fremder Tür klingeln, machte beide richtig fröhlich, und Männe und auch sie lachten laut darüber.

Doch diesmal beehrten besagte Damen sie tatsächlich weit eher mit ihrem Besuch, was Katja ziemlich erstaunte. Das Ergebnis dieses Erstaunens war ihr voreiliger Hinweis darauf, dass sie eigentlich keine Zeit hätte und Kisten für ihren Umzug ins gegenüberliegende Haus, mit einem Zimmer mehr für Männe und sie, packen müssten.

Sie hätte sich auf die Zunge beißen können vor Wut! Warum war sie bloß so eine Plappertasche? Die beiden lächelten verständnisvoll und zogen voller Mitgefühl, ohne Katja und Sven länger aufzuhalten, wieder ab.

Ihnen blieb nur die leise Hoffnung, dass die beiden ehrenwerten Damen diesen Hinweis eventuell nicht weiter registriert hatten.

Wochen später stand ein Besuch ihrer alten Schulfreundin Tina, zwecks Besichtigung der neuen Wohnung, ins Haus. Sie hatte sich telefonisch angesagt. Die Freude über ein Wiedersehen hatten sich beide gleich am Telefon bestätigt.

Ach, nun hatte Katja doch glatt den Hinweis auf das etwas schwierige Auffinden der Hausnummern vergessen, da die Anordnung dieser für normale Bürger etwas unlogisch erfolgt war.

Sie hoffte auf die detektivischen Fähigkeiten Tinas und setzte schon mal Kaffeewasser auf, lege Törtchen auf ihren röschenübersäten Kuchenteller für besondere Besucher und wartete dann auf Tinas Klingeln. Irgendwann vernahm sie dies auch, allerdings doch ziemlich verspätet.

Tina erzählte ihr gleich nach Aufhängen ihrer Jacke ganz begeistert, dass sie die Hausnummer erst mit Hilfe von zwei netten Damen – es schien sich um Angehörige einer Sekte zu handeln, denn sie hätten irgendein Blättchen in der Hand gehabt – gefunden hätte! Katja und Männe sahen sich nur an – in der Gewissheit, wer sie demnächst mal wieder mit ihrem Besuch beehren würde ...

Die Untermieter

Mein Daniel hatte telefonisch seinen Besuch angekündigt. Hatte er etwas auf dem Herzen? Sein schmeichelnder Unterton in der Stimme war mir bekannt und ließ darauf schließen. Auch die Ankündigung, dass er seinen Freund Kai mitbringen würde, den ich schon über Jahre kannte, ließ mich Einiges ahnen.

Am nächsten Morgen war es dann soweit. Daniel und Kai kamen gleich zum Frühstück. Dem üblichen Geplauder über alle möglichen Vorkommnisse und Leute folgte bald umständlich der Grund ihres Besuches.

Lang und breit erzählten sie erst von Kais Missgeschick – der Trennung von seiner Freundin, beruflichen Problemen, seiner Wohnsituation – es blieb dem armen Kerl nämlich nichts anderes übrig, als vorübergehend in einem Zirkuswagen sein Heim gefunden zu haben – und dass der Ärmste folglich nun kein Auto anmelden könne, ohne eine Adresse, also ohne Wohnsitz.

Das leuchtete mir ein, mir kamen fast die Tränen und ich bedauerte ihn gebührend. Beide sahen mich daraufhin durchbohrend an. Da ahnte ich, was nun auf mich zukommen würde. ‚Nein, bitte nicht schon wieder', dachte ich. Zum besseren Verständnis muss ich an dieser Stelle erklären, dass Daniel, aus verschiedenen Gründen, seinen Wohnsitz offiziell bei mir hat, ansonsten aber bei seiner Freundin verweilt.

Ich habe somit einen Untermieter, aber eigentlich doch keinen. Sein Namensschild steht an meinem Briefkasten und stiftet dort gelegentlich Verwirrung, besonders, was die Postzustellung betrifft. Daniel meinte nun erklärend:

„Ich habe gleich zu Kai gesagt, meine Mutter ist da großzügig, die hilft gerne mal, sie ist voll in Ordnung.

Andere Mütter wären da nicht so, aber gerade meine ist voll o. k. Sie erlaubt es, dass du dich bei ihr anmeldest. Sie ist einfach anders, als andere – stimmt doch Ma, oder?

Ist doch sowieso nur vorübergehend!"

Sollte ich dem widersprechen? Wer ist nicht gerne eine Mutter, die „voll in Ordnung" und „ganz anders, als die anderen" ist?

Ich lächelte etwas hilflos – überlegte einen Augenblick, während die beiden ungeduldig auf eine Antwort von mir warteten. Diese kleine Qual sollten sie wenigstens noch durchleben, ehe ich meine Zustimmung gab. Mein:

„Tja, ich weiß nicht", erstickten sie sofort mit einem Redeschwall über die Sorglosigkeit, mit der ich das ruhig tun könne.

Ich argumentierte noch ein bisschen dagegen, ließ sie zappeln. Dann endlich blieb mir nichts anderes übrig, als zuzustimmen. Ihre Erleichterung war nicht zu übersehen. Auch Kai begann sogleich ein Loblied auf mich zu singen:

„Das ist so total lieb von dir, Julia, ich werde dir ewig dankbar dafür sein", strahlte er, wobei ich das „ewig" nicht so ganz glaubte.

Unser Daniel stimmte dem zur Bekräftigung mit einem „Siehst`e hab` ich dir doch gesagt", an Kai gewandt, zu.

Endlich war ich dann bereit, mit beiden zu den betreffenden Ämtern zu fahren. Richtige Kavaliere waren sie.

Natürlich öffneten sie mir die Autotür, und natürlich lud Kai uns beide zum zweiten Frühstück ein. Später, wieder zu Hause angekommen, erteilte man mir noch das ehrenvolle Amt, Kais Post zu beaufsichtigen, „weil er sich da nicht so auskannte mit dem Schriftkram, und ich das für Daniel auch so toll machte."

Wie kann ich sie da enttäuschen? Konnte ich nicht.

Jetzt habe ich also sogar noch einen zweiten Untermieter, aber eigentlich doch keinen, und für zwei junge Männer etliche Post zu erledigen, so dass ich mich fast wie ihre ehrenamtliche Sekretärin fühle. Und natürlich genieße ich die Anerkennung, alles so toll zu machen, und überhaupt, einfach eine super Mutter zu sein – „eben ganz anders, als die anderen".

An unserem Briefkasten kleben nun bereits zwei unbekannte Namensschilder, die noch mehr Verwirrung stiften
als eins, und ich hoffe sehr, dass es endgültig dabei bleibt,
denn ich bin fast sicher, dass in diesem Fall nicht unbedingt
„alle guten Dinge drei sind" ...

Eis im Frühling

Das war Katja ja noch nie passiert! Ziemlich peinlich, die Sache, und wenn sie es genauer betrachtete, auch noch reichlich lächerlich. Es war so:

Früh am Morgen, auf dem Weg zum Auto, stellte sie fest – es ist immer noch kein Frühling, trotz Versprechen des Kalenders und der sonoren Stimme des Radiosprechers. Sogar geschneit hatte es, und um das Ganze noch abzurunden – gefroren hatte es auch.

Da steht sie nun vor ihrem kleinen Auto – eisig sieht sie zu ihm – eisig sieht es zurück mit seinen großen Scheinwerferaugen. Mit klammen Fingern steckt sie den Schlüssel ins Schloss, mehr kann sie leider nicht tun. Weder links noch rechts herum lässt er sich bewegen. Sie zieht ihn heraus, versuchte es an der Beifahrertür, mit gleichem Erfolg – oder Misserfolg.

Nun wird ihr langsam etwas warm. Ach, sie hatte da ja noch diese kleine Sprühflasche mit der Aufschrift:

„Türschloss-Enteiser – auf uns zählen, mit uns rechnen".

Ein wunderbarer Spruch, wenn er, dieser Türschloss-Enteiser, sich im eigenen Besitz befindet. Befand er sich leider nicht, sondern in dem ihres kleinen böse blickenden Autos.

Frech lag die Flasche im offenen Handschuhfach, lugte seitlich um die Ecke und wollte da offensichtlich für die nächste Zeit auch verweilen!

So, das Thema Sprühflasche sollte sie also auch vergessen. Zum Glück reagierte wenigstens die Kofferraumklappe auf Katjas Schlüssel.

Sie trug sinnigerweise an diesem Tag zu allem Ärger auch noch ihren langen Mantel, gekrönt von einem wehenden Schal in Lila, der sie nun ziemlich hemmte und ihr im Wechsel mal um die Nase, dann wieder um den Mund flatterte – ab und zu auch über die Augen, wobei sie diese dann dahinter verzweifelt rollen konnte.

Jetzt ein Blick zum Haus, ob nicht der eine oder andere Nachbar aus dem Fenster lugte.

Vielleicht, um das Warten auf den brühfrischen Kaffee und die Brötchen aus dem Backofen zu verkürzen?

Aber hämische Zuschauer konnte sie jetzt wirklich nicht gebrauchen. Doch zum Glück wartete niemand auf krosche Brötchen und frisch gebrühten Kaffee, alle Rollos waren noch heruntergezogen.

So konnte sie es also riskieren – das, was sie soeben geplant hatte: Sie zwängte sich hektisch und wütend in den Kofferraum des kleinen Wagens.

Mühsam robbte sie sich im langen Mantel bis zum Enteiser-Fläschchen durch. Stöhnend stand sie kurz danach mit verwuselter Frisur wieder auf der Straße und kratzte nun schon mal das Eis, unter großen Mühen und unter Mitwirkung des kleinen Helfers, von den Scheiben.

In der Hoffnung, die Fahrertür hätte nun lange genug Widerstand geleistet nach dem Genuss einiger Enteisertropfen, versuchte sie jetzt, nach erneutem Rundumblick zu schlafenden Fenstern, diese forsch zu öffnen. Nichts!

Die freche Tür nahm sich tatsächlich das Recht raus noch länger über ihre Zeit zu verfügen, selbst die Beifahrertür trotzte ihr aufsässig.

Immer noch wütend blieb ihr nichts anderes übrig, als erneut auf allen Vieren zum Fahrersitz durch die Kofferraumklappe zu krabbeln, um sich nun endlich dort hinterm Steuer niederzulassen.

Ihr war jetzt alles egal, die Zeit drängte, die Scheiben waren frei und zu ihrer Freude sprang auch der Motor an – sie fuhr endlich los. Weit kam sie allerdings nicht: In wenigen Augenblicken waren die Scheiben von ihrem schweren, wütenden Atem beschlagen, und sie saß so gut wie im Dunkeln – völlig am Ende ihrer Geduld.

Dazu waren die Türen verschlossen, die Frisur lädiert, der Mantel zerknautscht, der Schal beschmutzt und ihre Stimmung auf dem Nullpunkt.

Sie blieb im Wagen sitzen, drehte das Radio an, hörte den aktuellen Service-Bericht:

„Wie verhalte ich mich bei Frost als Autofahrer richtig?" – und wartete darauf, dass ihre Schlösser und die Scheiben den Widerstand durch Erwärmung schüchterner Sonnenstrahlen allmählich aufgaben.

Irgendwann passierte das tatsächlich. Sie stieg auf dem nächsten Parkplatz aus, putzte jetzt erneut ihre Scheiben und fuhr dann weiter. Dabei hatte sie das Gefühl, als entwichen ihren Nasenlöchern winzige Flammen wie bei einem kleinen wütenden Drachen und grübelte, wie sie ihrem Chef diese Aktion, so ganz schuldlos ihrerseits entstanden und verantwortlich für ihr Zuspätkommen, verkaufen konnte. Denn lachen sollte nun niemand über sie. Das hätte ihr gerade noch gefehlt! Und gute Ratschläge für den nächsten Frost waren hier auch völlig überflüssig, fand sie.

So fuhren beide, ihr kleiner Blechfreund und Katja, eine Weile schweigend in Richtung Stadt. Sie war irgendwie böse auf ihn und konnte nicht umhin, ihm zischend anzudrohen, dass die nächste Autowäsche ohne Politur erfolgt und der kleine Dackel mit dem Wackelkopf vorerst nicht auf seiner Hutablage stehen würde ...

Katja und der Schnupfen

Mittwochmorgen, Katjas letzter Urlaubstag – und es hatte sie mal wieder erwischt! „Erkältung" war die Diagnose.

Sie lag mit dickem Schal und Bergen von Papiertaschentüchern im Bett, sinnierte darüber, ob sie morgen wieder ins Büro gehen sollte oder doch lieber nicht? Männe, der sich gerade sein Arbeitsbrot in die Tasche packte, hörte ihr gemurmeltes Wehklagen:

„Meine Güte, bin ich erkältet! Wie kann einer allein nur so erkältet sein!"

Sven konnte ihr die Frage nicht beantworten. Kannte er doch im Moment niemanden, der ebenfalls erkältet war. Ihm blieb nur ihr ein:

„Gute Besserung, Schatz, bis heute Abend!" zuzurufen und eilig seine Arbeitsstelle aufzusuchen.

Katja konnte morgen einfach nicht ins Büro, das war ihr jetzt völlig klar. Blieb nur der Weg zum Arzt, der sie wenigstens für die nächsten drei Tage krankschreiben sollte. Völlig erschlafft schleppte sie sich ans Telefon.

„Ja, kann ich heute Vormittag noch einen Termin bei ihnen bekommen?"

„Ein Termin ist nicht nötig, kommen sie einfach her, sie Ärmste, der Doktor wird dann sehen, was er tun kann. Sie scheinen ja fürchterlich erkältet zu sein – bis zwölf Uhr haben wir geöffnet", tönte es ihr freundlich entgegen.

Katja in Vorfreude, sich nach ihrem Arztbesuch endlich ausstrecken zu können und von Männe am Abend mit Honigmilch verwöhnen zu lassen, zog sich warm an, wickelte noch einen dicken Schal um ihren Hals, stopfte Taschentücher in die Manteltasche und Hustenbonbons ins Handtäschchen. Schleppend erreichte sie ihr Auto, wollte einsteigen und stellte – oh Schreck – fest, dass ihr kleiner Liebling übersät war von kleinstem Fluggetier, fixiert vom Blütensaft des darüber hängenden Lindenbaumes!

Katja, zu den mit Spinnenangst behaftet Frauen gehörend, bezog ihre Angst auch auf dieses Getier und konnte sich gerade noch zurückhalten, spitze Schreie auszustoßen. Nun war guter Rat teuer!

Was tun? Sie musste Männe in seiner Werkstatt anrufen und ihn bitten, sie wenigstens am Nachmittag zum Arzt zu fahren, denn so konnte sie unter keinen Umständen in ihr Auto steigen.

Besorgt um sie erklärte Sven ihr, er werde sich über die Mittagspause Zeit nehmen, um Herr über das Katja so in Angst und Schrecken versetzende Getier zu werden – und dann könne sie ihren Arztbesuch telefonisch auf den Nachmittag verschieben.

Doch leider – am Nachmittag gab`s da keine Sprechstunde, wie sie kurz darauf erfuhr! Sie rief Männe erneut an, erklärte, dann doch lieber sofort allein mit dem Bus zum Arzt fahren zu wollen. Gesagt, getan, flugs saß sie in selbigem.

Sven, lustlos an einem Kotflügel herumschleifend und dazu besorgt, ob Katja den Weg zum Arzt allein bewältigen könne, teilte ihr über Handy mit, sie persönlich und jetzt gleich mit dem Getierauto fahren zu wollen. Ihr Männe, der Gute, nahm sich gleich ein Stündchen frei für sein Schätzchen! Man würde es sicher bis zwölf Uhr noch schaffen. Katja machte nun eine busmäßige Kehrtwendung und wurde bereits von Männe zu Hause erwartet.

Doch da gab`s immer noch dieses Fluggetierproblem. Männe wollte ihr den Einstieg ins Auto erleichtern, hatte den Plan gefasst, vorab den Fahrtwind zum Vertreiben des Ungeziefers zu nutzen, um dann durch die Waschanlage zu fahren, damit Schätzchen endlich einsteigen konnte.

Spielend nahm Männe diese Hürde. Doch leider reichte es nun für ihn zeitlich nicht mehr dazu, Katja zum Arzt zu begleiten – wollte er seinen Chef nicht erzürnen. Die Zeit war unerbittlich – bereits zwanzig Minuten vor zwölf! Sie musste los! Er musste los!

Nach rasanter Fahrt im fliegenfreien Auto betrat Katja die

Praxis. Etwas erstaunt beäugt von der am Telefon doch so netten Sprechstundenhilfe:

„ ...tja, das tut uns leid, aber die Sprechstunde ist vorüber. Sie hätten bis elf Uhr hier sein müssen. Hatte ich ihnen das nicht gesagt? Na ja, ist ja auch egal!" Katja glaubte, nicht richtig zu hören. Für sie war es alles andere, als „egal".

„Wie bitte? Wissen sie, welchen Stress mein Gatte und ich in meinem desolaten Zustand hinter uns haben? Wissen sie das? Vermutlich nicht, was wissen sie denn schon? Und ob das egal ist, entscheide immer noch ich!!!"

Wütend knallte sie die Praxistür zu. Man konnte davon ausgehen, dass die ärztliche Hilfskraft tatsächlich nicht wusste, was Katja hinter sich hatte. Doch schien dieser auch das ziemlich egal zu sein.

Katja reichte es! Wieso kann ein anständiger Mensch nicht auch ganz anständig seinen Arzt aufsuchen?

Sie beschloss, mit Männe gemeinsam am Nachmittag einen ganz anderen Mediziner zu konsultieren. Einen, der seine Sprechstunden einhielt, der nettes Personal hatte und dem es nichts ausmachte, wenn er wegen irgendwelcher Fliegen auf ihrem Auto ein wenig auf ihr Erscheinen in der Praxis warten musste ...

Katjas Geburtstag

*D*er penetrante Wecker klingelte mal wieder, wie allmorgendlich. Doch da fiel ihr sofort ein: Sie hatte heute Geburtstag – fast eine Frechheit – denn sie wurde immerhin 30! Das muss man sich mal vorstellen: biblische 30 Jahre! Da war doch schon fast alles vorbei. Was da so vorbei war, wusste sie allerdings nicht genau.

Falten? Nö, die gab`s eigentlich nicht großartig, nur diese kleinen Lachfältchen, die doch schließlich gestattet waren und sogar ganz niedlich aussahen, wie Männe meinte.

Katja sah nach rechts – da lag er, der Mann ihrer Träume, lächelte friedlich, kräuselte jetzt ein wenig die Nase, hatte den Wecker sicher auch gehört, wandte sich zur Seite, lächelte jetzt so richtig, drückte ihr einen Kuss auf den Mund, murmelte ein „herzlichen Glückwunsch" verschlafen in ihre verwuselten Haare. Schon fiel ihr wieder ein, wie süß er doch war! Es soll Männer geben, die zu dieser frühen Stunde den Geburtstag der Liebsten nicht gleich im Kopf als ersten Gedanken haben. Aber nicht der ihrige, er wusste, was Frauen lieben.

Der Morgen verlief dann wie üblich an Geburtstagen, er überreichte ein paar kleine Geschenke beim Kaffeetrinken mit Kerzchen und Girlanden über der Lampe, versprach ein später noch eintreffendes Geschenk. Katja war neugierig, es wurde allerdings nichts verraten. Zudem hatte sie nicht viel Zeit, ihre Mutter, also ich, hatte sich angesagt, musste vom Bahnhof abgeholt werden. Dann ging alles ziemlich schnell, Sven beeilte sich, sie brachte ihn mit einem letzten Kuss zur Tür. So lieb verabschiedet von der Liebsten und dem Katzenpärchen Beethoven und Sissy ging er fröhlich pfeifend die Treppe` runter zum Auto.

Eilig wuselte Katja anschließend in der Wohnung und an ihrem Haar herum, machte sich dann auf den Weg zum Bahnhof. Ankunft meines Zuges: 11.01 Uhr Gleis 12. So war es mit der Bahn-AG verabredet.

Die hielten allerdings ihre Abmachung nicht ein. Ankunft 11.01 Uhr Gleis 7 war dann das Ergebnis, was einige Suche-rei verursachte. Diesmal hatte ich, die nach Katjas Meinung stets die Ankunft verbaselte, keine Schuld. Glück für Mama!

Tja, nun konnten wir zusammen rätseln, was da geburts-tagsmäßig noch passieren würde. Und dabei erzählte sie mir ihren heutigen Tagesablauf bis hierher. Was jetzt noch kommen würde, werden wir jetzt gemeinsam erleben:

Nun denn, wir verbrachten also den restlichen Nachmittag mit Einkäufen, bis zur Heimkehr des Liebsten. Diesmal gin-gen wir allerdings zu Fuß, Katjas Auto hatte sich schon vor Tagen entschuldigt, wollte zur Untersuchung seines etwas kränklichen Zustands in eine Werkstatt, begleitet von Sven.

Sie machte sich Gedanken – hoffentlich wird das alles nicht zu teuer!

Später sinnierten wir bei einem Kaffee und dem selbstge-backenen Kuchen mal wieder über Katjas extrem hohes Alter. Doch was sollte ich erst sagen?

Ich erwähne zwar mein Geburtsdatum im Bekanntenkreis aufgrund meines schreckhaften Wesens grundsätzlich nicht und konnte so auch Katja keinen besonderen Trost entge-genbringen, zumal ich selbst ja sogar noch älter war als sie, was meine Mutterrolle so mit sich brachte.

Irgendwann dann das Drehen des Schlüssels im Schloss – und plötzlich stand Sven mit bedribbelter Miene vor uns.

Berichtete total am Boden zerstört, dass die Sache mit dem Geschenk nun doch nicht geklappt hätte! Wütend griff er dabei zur Zigarette, strich sich mit verzweifelter Geste durchs Haar, blies den Rauch stoßweise aus und schlürfte hastig einen Becher Kaffee in sich hinein. Katja verdrehte die Augen:

„Mäuschen, warum bist du denn nun so wütend? Ich müsste mich ärgern, doch nicht du!" Sie verstand aus seiner Sicht vermutlich gar nichts. Denn beim Überreichen eines besonderen Geschenks an ihre Liebste freuen Männer sich eben wie kleine Kinder, und das schien hier nun nicht zu klappen. Plötzlich vermerkte er, mit uns Beiden noch irgendwo hinfahren zu wollen – so als Trost, wie er meinte. Dabei grinste er heimlich in meine Richtung. Wieso? Schließlich war ich ebenfalls unwissend. Wir fuhren los, Sven lenkte stumm sein Auto.

Katja und ich kicherten aufmunternd ein bisschen über dieses und jenes während der Fahrt.

Bald landeten wir vor dem Tor der Autowerkstatt eines Freundes.

„Wie – feiern wir hier meinen Geburtstag?", fragte Katja erstaunt.

„Schätzchen, die beiden haben eine Überraschung für dich, wir können sie nicht auch noch enttäuschen. Es reicht doch schon, wenn du enttäuscht bist!"

Die beiden, das waren Tom und seine Frau Lisa.

Hier läutete man den restlichen Geburtstag nun mit einem Sekt und Chips im sehr gemütlichen Büro ein.

Dann der große Moment: Die Geschenke von Tom und Lisa wurde überreicht!

Doch was war das? Lisa setzte der völlig überraschten Katja einen Tropenhut mit Schleier auf den Kopf, band ihr einen breiten Gürtel mit Insektenspray um die Taille. Katja lächelte verzerrt, murmelte ein: „Wieso das denn jetzt?"

„Was, freust du dich nicht? Haben dich die Mücken nicht beim letzten Grillfest ziemlich belästigt?"

„Ach, ja, ne, du das freut mich jetzt aber richtig. Hätte ich mir sicher zum nächsten Grillen selbst auch gekauft", meinte Katja dann mit schiefem Grinsen. Nach übergroßer Freude sah das allerdings nicht aus.

Nun wurde das zweite Glas Sekt eingeschenkt, womit vermutlich der Höhepunkt dieses Festes erreicht war.

Doch nur bis zu dem Augenblick, als Tom das Geburtstagskind bat, doch den Tropenhelm gleich mal mit einem Rundgang durch den Garten zu testen. Sie kam sich etwas albern vor, folgte ihm dann aber doch, als er die Terrassentür öffnete und – blieb wie angewurzelt stehen:

„HERZLICHEN GLÜCKWUNSCH, KATJA!"
stand auf dem riesengroßen Plakat auf der gegenüberliegen-
den Garagentür.

Und was stand davor? Ihr krankgemeldetes Auto!! Nie war
es so schön wie heute! Neue Felgen, eine traumhafte Lackie-
rung, Blinklichter von unwahrscheinlicher Schönheit zierten
das treue Gefährt, und noch einige Dinge mehr waren er-
neuert.

Er schien sie fast verschmitzt anzugrinsen, ihr kleiner
Freund, und fast glaubte sie, er kniff in diesem Moment ein
Scheinwerferauge zu und flüsterte: „Los, komm` steig` ein!"

Katja war den Tränen nahe – lief auf ihn zu und konnte
nur noch flüstern:

„Ihr seid so gemein – aber total süß!!" ...

Wie hieß er noch?

Kennen Sie das auch?
Es klingelte, und zu meiner Freude ist meine Tochter Katja am Apparat! Nach kurzer Zeit sind wir mitten im Geschnatter. Wer was gemacht – über wen man sich geärgert hat und wie total süß ihre Katzen mal wieder miaut haben. Denn bekanntlich sind die eigenen Katzen grundsätzlich die niedlichsten. Und auch nur diese können meisterhafte Kunststückchen und sind ausnahmslos von hoher Intelligenz.

Irgendwann landen wir bei Berichten aus den – wenn auch peinlichen – Regenbogenblättchen, weil doch ein bisschen Tratsch Balsam für die Seele sein soll. Ja, da war doch dieser eine Schauspieler, den wir beide ziemlich nett finden, und der nun tatsächlich auch mit Drogen zu tun hat, stand da neulich geschrieben. Wie heißt er noch? Das Rätselraten beginnt.

„Äh – der Name ist ziemlich lang – fing er nicht mit ,M' an? Gleich hab` ich`s! Ne, ich komme nicht drauf", sinniert meine Tochter.

Wir werfen uns gedankliche Stützen zu.

„Hieß er nicht so ähnlich wie ... ne, auch nicht." Versuche ich mich am Enträtseln.

Dann sprechen wir zur Ablenkung über Onkel Karl, der sich einen Schrebergarten zugelegt hat. Zwischendurch:

„Warte mal, gleich fällt mir der Typ wieder ein," höre ich sie sagen.

„Lass` doch, ist egal", beschwichtige ich sie.

„Nein, mir liegt es auf der Zunge. Me... Me..."

„Was macht dein Auto?", wird ihr Gedankengang absichtlich von mir unterbrochen.

„Alles super, es läuft prima. War der Vorname nicht mit ,W'? Ja, mit ,W'– so ähnlich wie Wolfram."

Ich unterbreche sie schnell:

„Nein, so lang war er nicht. Habe ich dir schon von

meiner Nachbarin erzählt?

Also, die hat doch neulich zu mir gesagt ... warte mal, er hieß, glaube ich – Manni", muss ich jetzt unbedingt anmerken und feststellen, dass auch dieser Name nicht stimmte.

„Komm` wir hören einfach auf, darüber nachzudenken! So allmählich macht mich das nervös", schlägt sie dann vor.

„Na gut, machen wir erst mal Schluss. Wenn mir der Name noch einfällt, rufe ich wieder an. Küsschen, Mausi".

Stunden später klingelt erneut das Telefon – meine Tochter:

„Ich hab`s, Mama: Martin Schulz!" ruft sie voller Stolz in den Hörer.

„Jaaa, das ist er!", gebe ich jubelnd von mir.

„Was hat mich das für Zeit gekostet, ich war nicht fähig, mich gedanklich um Wichtigeres zu kümmern", klärt sie mich auf.

Uns geht es jetzt besser. Zu dumm, wie einem das so zusetzen kann!

Tage später telefonieren wir erneut. Die Dialoge sind ähnlich. Was haben wir tagsüber getan, wer war zu Besuch – außerdem hatten die Kätzchen meiner Tochter erneut ihre Intelligenz bewiesen – und, und, und.

„Gerade läuft die Serie ‚Der Häuslebauer' im Fernsehen mit dem Dunkelhaarigen – du weißt schon", informiere ich sie.

Ein spitzer Schrei am anderen Ende:

„Nein, Mama, ich weiß nicht!!! Bitte kein Wort mehr, mach` das nicht schon wieder mit mir. Ich weiß, wen du meinst, sehe ihn direkt vor mir – und mir fällt sein Name auch diesmal nicht ein, das raubt mir allmählich den letzten Nerv. Lass` uns das Thema wechseln."

„Gern, ich möchte genauso wenig darüber nachdenken", komme ich ihr entgegen.

„Hast du mal was von Sieglinde gehört? Sie will mich demnächst besuchen", lenke ich ab.

„Schön, dann komme ich vorbei. Kann es sein, dass er so

ähnlich hieß, wie John Lennon?" Sie gibt keine Ruhe.

„Nein, kann nicht sein, ich will darüber nichts mehr hören! Hast du deinen neuen Wasserkocher schon ausprobiert?", versuche ich jetzt abzulenken.

„Ja, schon öfter, er ist o. k. Jetzt weiß ich es: Der Nachname fängt mit ,A' an." Sie gibt nun doch nicht auf!

Diesen Satz völlig überhörend kam meine Gegenfrage:

„Passt es, wenn ich euch am Sonntag mal besuche?" sie überhört mich.

„Mama, mit ,A' fängt der Name an!"

Ich: „Zu ,A' fällt mir nichts ein."

Verzweifelt beenden wir das Gespräch – Küsschen, bis dann. Ich schalte den Fernseher aus, ziehe meine Jacke an und beeile mich, vor Ladenschluss meine Einkäufe zu erledigen. Egal, wer auch immer in dem Filmchen spielt, ich werde es heute nicht mehr erfahren. Am nächsten Tag der vorwurfsvolle Anruf meiner Tochter:

„Ich habe mir deinetwegen diese blöde Serie bis zum Schluss angesehen, nur, um im Abspann den Namen zu erfahren. Es ist Mark Wegener, – und – mach' das wirklich niiiie wieder mit mir!!!" droht sie mir lachend. Wir verabreden uns für den kommenden Sonntag, beschließen dann noch, eine alphabetische Liste der gängigen Promis anzufertigen, um derlei nerviges Rätselraten zu vermeiden und gleichzeitig jedem anderen Grübelnden helfen zu können ...

Alfreds Gartenfete

Rosi hatte mich zu Alfreds Geburtstag eingeladen. „Komm` man so um neunzehn Uhr, Julia", hatte sie gemeint, was ich dann auch tat.

Wir hatten einen super Sonnentag und wollten grillen. Bald waren alle Gäste eingetroffen. Alfred schmiss den Grill an, die Gläser wurden gefüllt, die Musik etwas lauter gestellt. Nach anfänglichem Zögern begann man ein wenig kreuz und quer über den Tisch zu plaudern, unterbrochen von Rosis Frage, ob noch jemand ein Bier oder einen Drink möchte. Unauffällig wieselte sie zwischen den Stühlen umher, stellte ihre Gäste umsichtig zufrieden.

Langsam klangen die Gespräche aus, die Grillwürstchen forderten jetzt die ganze Aufmerksamkeit.

„Fritz, noch `n Bier?" fragte der Hausherr fröhlich. Fritz nickte zustimmend. Auch Wilfried war nicht abgeneigt.

„Ach, nicht soviel Tsatsiki, ich bin schon dick genug!!", klärte uns Martina auf. Die schlanke Rosi saß endlich auch am Tisch, füllte ihren Grillteller mit Salat.

„Ach, was, heute ist Geburtstag, vergiss mal jetzt dein Gewicht, Martina!" Kichernd bekannte die:

„Du hast ja recht, reich` mal die Suppe `rüber." Auch mir schmeckte es besonders gut, und ich übte mich ebenfalls in schweigendem Essen.

Bald jedoch steckte sich der eine oder andere eine Zigarette an, schob den Teller beiseite, verlangte erneut nach einem Longdrink oder Bier und stieg ins bereits von Wilfried und Fritz eröffnete Gespräch ein. So konnte Rosi die leeren Teller schweigend entfernen.

Später setzten wir uns mit Bestuhlung und Tisch noch tiefer in den Garten wegen der nächtlichen Kühle, die uns gut tat. Die Herren wollten sich ein Stündchen beim Darten beweisen.

Uns vier Damen war es nur recht. Konnten wir so doch ein bisschen aus dem Nähkästchen plaudern.

„Besame mucho" klang es aus dem CD-Player und wir hörten verträumt zu. Ab und zu entrang sich ein kleiner wehmütiger Seufzer der einen oder anderen Damenbrust.

„Ach, ja – jetzt den richtigen Tango-Tänzer – und die Feier wäre perfekt, Rosi", ließ Martina leise vernehmen. Brunhilde stimmte begeistert zu:

„Ja, so einer wie der im letzten Spanienurlaub! Pedro hieß der, oder so. D a s war ein Mann, allein seine Hüften, wie er die schwingen konnte, ihr macht euch kein Bild!"

„Vielleicht kann ich euch aushelfen, bin braun von der Sonne, die Haare könnte ich unter einem großen Hut verstecken und feurig bin ich auch, sonst würde ich ja nicht so schwitzen!", rief Wilfried zu uns herüber und faltete die Hände über seinem kleinen Bauchansatz, als er eine Dartpause einlegte. Die Damen kicherten.

„Ach Wilfried, geh` du mal zu eurer Dartscheibe – und außerdem – was willst du mit vier Frauen??" ließ seine bessere Hälfte kichernd vernehmen. Dabei verdrehte Martina die Augen.

„Na, ja, ihr wisst ja nicht, was euch entgeht", warnte Wilfried mit Nachdruck.

„La Bamba" – Brunhilde stand auf und tänzelte hüftschwingend um den Gartentisch. Wir anderen klatschten dazu in die Hände.

Plötzlich sah ich Martina sehnsuchtsvoll in die Ferne blicken, überlegte, was sie so melancholisch machte. Da hörte ich es schon: „... du hast mich tausend mal betrogen, du hast mich tausendmal verletzt ...", sang die einschmeichelnde Frauenstimme. Wunderschön!

Und Martina? Sie wischte sich verstohlen eine kleine Träne aus dem Augenwinkel, und wir lächelten uns leicht seufzend verständnisvoll zu.

Plötzlich war das Dartstündchen der Herren vorüber. Brunhilde winkte ihrem Fritz zu:

„Komm` Schatz, setz` dich neben mich!" Flüsternd beugte er sich zu ihr:

„Ich müsste da noch mal für kleine Königstiger, Mäuschen." Der schon leicht besäuselte Alfred schlug vor:

„Wir haben doch einen Garten, Fritz, ha, ha!" Ziemlich empört vermerkte Brunhilde darauf:

„Also Alfred, das würde Fritz nie tun!!!"

Martina hatte bis jetzt noch nichts gesagt. Meinte dann aber nur ziemlich verwundert:

„Das verstehe ich nicht, Fritz, Jungs „püschen" doch gern mal in grüne Hecken!"

Ich grinste Rosi an und sie mich. Woher, in aller Welt, wusste Martina eigentlich, dass Jungs – vermutlich auch die großen – gern mal in grüne Hecken püschen?"

Viel später ging ich dann mit dieser neuen Erkenntnis und einer Tüte Tomaten aus Rosis Garten nach Hause ...

Die Sache mit dem Handy

*E*igentlich wollte Alfred gar kein Handy, hatte mir Rosi erzählt. Aber dann kam es doch ganz anders:

Obwohl er nun also eigentlich kein Handy wollte, musste er sich jetzt doch mit diesem Gerät auseinander setzen, auf Befehl des Chefs, der ihm sogar ein besonders funktionstüchtiges teures Gerät zuwies.

Lässig nahm er es in Empfang. Natürlich würde ihm dessen Bedienung keine Schwierigkeiten bereiten. Man war ja nicht blöd, schließlich konnte es jeder.

Abends dann, zu Hause bei Rosi, legte er schweigend sein Handy auf den Tisch und wartete auf ihre Reaktion. Sie bemerkte mit vielsagendem Lächeln:

„Tja, ob du nun willst oder nicht, auch an dir geht dieser Kelch nicht vorüber, Häschen – nur Mut!"

„Sag` mal, wie kannst du mich Häschen nennen und gleichzeitig von Mut sprechen? Glaubst du allen Ernstes, ich kann so ein Ding nicht bedienen, Röschen? Eine nette Meinung hast du von deinem Gatten."

Damit zog er sich ins Wohnzimmer zurück, um über einer äußerst wichtigen Lektüre zu brüten: Der Handy-Anleitung.

Er nahm sie sogar später mit ins Bett, um sie zum vermutlich fünften Mal durchzulesen während er, wie jeden Abend, sein Eis mit der Nougatfüllung lutschte. Sanft schlief er irgendwann ein, während ihm das informative Heftchen langsam aus der Hand glitt. Rosi löschte leise das Licht.

Am anderen Morgen bestrich sie Alfreds Arbeitsbrote, goss Kaffee mit Milch in seine Tasse und sah dabei ihren verschlafenen Gatten schelmisch an:

„Schickst du mir nachher eine sms, Häschen?"

Häschen schien leicht überfordert, wie sein Blick verriet, wollte aber vermutlich Röschen beweisen, dass sie einen Mann von Format geheiratet hatte, der auch so ein lächerliches Ding bedienen konnte.

„Du kannst dich schon freuen, Röschen!"

Das tat Rosi dann auch, und sogar den ganzen Vormittag. Gegen Nachmittag war es dann soweit: Sie erhielt ihre erste sms von Alfred! Die erste sms mit dem aufschlussreichen Text:

„Hallo". Eine Fortsetzung gab es nicht, wie sie nach einigem Warten feststellte.

Fröhlich fragte er sie dann am Abend, wie ihr die sms gefallen hätte.

„Was sollte mir daran gefallen haben? Dass sie textlos war?"

Er tat es mit dem Hinweis ab, sie sollte ihm einige Tage Zeit geben, dann würde sie sich über seine vielen schmissigen Texte noch wundern!

Rosi wartete nun schon vier Wochen, vier Wochen, in denen Alfred jeden Tag mit dem Handy zur Arbeit ging und auch wieder damit zurückkam, ohne ihr geschrieben zu haben. Fragte sie danach, schützte er Zeitmangel vor, aber sie würde sich trotzdem demnächst wundern.

Das tat sie auch, als tatsächlich eines Tages besagte sms kam. Alfred hatte das vorprogrammierte Wörterbuch benutzt, wie sie viel später feststellte. Rosi las:

„Suppe – ich komm bald nach Hause."

War das sein verzweifelter Schrei nach Suppe für heute Abend? Das hätte er ihr doch sagen können, dann hätte sie den Fisch gar nicht erst aus dem Kühlschrank genommen. Außerdem hätte sie zumindest eine Anrede, wie „Schätzchen" oder „Spatz" erwartet. So hungrig konnte doch einer gar nicht sein, dass dafür keine Zeit war! Kurz darauf die nächste sms. Hatte sich sein Hunger verstärkt?

Oder hatte ihn die Handy-Leidenschaft jetzt doch gepackt? Doch was schrieb er da?

„Freu mich auf dich – Steppe". Steppe? War er müde und dachte sehnsüchtig an seine Steppdecke? Oder hatte er gar frivole Gedanken?   Was war nur mit ihrem Häschen los? Doch es sollte noch schlimmer kommen: Die dritte sms hatte folgenden Wortlaut:

„Ich modagte heute mit Heinz Skat spielen, wenn es dir nicht passt, bin ich stinkah."

So einer war er also, aha. Lernte heimlich Suaheli. Ihr kleiner Streber! Eigentlich müsste sie stolz auf Alfred sein.

Sie wusste es schon immer, er war ein ganz Besonderer, der Ihrige.

Am Abend stand er plötzlich erwartungsvoll in der Küche, als Rosi gerade den Fisch auf einer Platte anrichtete.

„Na, habe ich dir zuviel versprochen, Röschen? Ja, auch dein Mann kann einfach mal paar sms versenden, da staunst du, was?"

Etwas anderes tat er später auch nicht, als sie ihm seine Nachrichten zeigte. Stirnrunzelnd griff er nach seiner Serviette.

„Dein Fisch sieht wirklich lecker aus, komm`, lass uns essen!" forderte er Rosi ablenkend auf.

Seitdem antwortet Alfred nur notgedrungen auf eine erhaltene sms, leider hat er immer viel zu wenig Zeit, derlei Spielereien zu verfassen. Ebenso, wie es für ihn überflüssig ist, das Handy stets auf Empfang zu stellen. Wozu? Früher ging es doch auch ohne!

Auf die Frage seines Kollegen, welche technischen Raffinessen er auf seinem Handy denn nun anwenden könne, ging sein Blick nachdenklich zum Fenster:

„Jungs, eigentlich will ich damit ja nur telefonieren ..."

Im Wartezimmer

Da saß ich nun im Wartezimmer meines Hausarztes, nachdem ich mir eine Gesamtuntersuchung verordnet hatte, eine so genannte Rundum-Kontrolle.

„Sie haben einen Termin?", fragt mich die freundliche Sprechstundenhilfe.

„Nein, man sagte mir am Telefon, das wäre nicht nötig, es ginge ziemlich schnell bei ihnen – auch ohne Termin".

„Sicher, das ist richtig, setzen sie sich schon mal ins Wartezimmer, man wird sie gleich aufrufen!"

Erleichtert ging ich in den mir bekannten Raum, sah erstaunt auf eine Anzahl lesender Köpfe und setzte mich mit einem verhaltenen „Tach" auf den letzten, noch freien Stuhl.

Das Echo war gedämpft – hätte ich bloß nichts gesagt! Ich sah gelangweilt aus dem Fenster. Habe ich eigentlich die Waschmaschine abgestellt? Ja, sicher, mache ich doch immer. Meine Güte, die da drüben mit der komischen Frisur kann ja mal die Hand vor den Mund halten, wenn sie gähnt. Ihr Zäpfchen interessiert mich nun wirklich nicht. Kein Wunder, wenn er daneben so komisch kuckt. Ha – der hat ja den Reißverschluss seiner Hose gar nicht zugezurrt! Wenn der das wüsste!

„Echo für Frauen" – kann ja mal drin blättern. Raschel, raschel, bin ich zu laut? Ein empörter Blick von links trifft mich. Na und?

Meine Güte, schon eine halbe Stunde vergangen! ... sie werden gleich aufgerufen – wann ist denn bei der „gleich"? Doch da – ich fasse es nicht:

„Kommen sie bitte mit?", zwitschert es mir plötzlich entgegen!

Ich beeile mich natürlich, dabei fällt das „Echo für Frauen" auf den Boden, von mir sofort nervös aufgehoben.

Nun sitze ich wieder, jetzt in diesem sterilen Raum für kurzfristig Wartende. Und schon schwebt der Doktor draußen bei offener Tür vorüber, flötet mir ein „bin gleich bei ihnen" zu und ist im gleichen Augenblick auch schon aus meinem Blickfeld verschwunden. Kaum konnte ich ihm ein fröhliches: „Ja-haaa" entgegen jubeln.

Dann begann die Krönung dieser Warterei, nämlich das Hoffen auf schnelle Behandlung im Raum für kurzfristig Wartende. Keine Zeitung weit und breit, niemand zum Beobachten, keine Radioberieselung – nichts zu meiner Unterhaltung!

Ich betrachtete meine Fingernägel. Der Kleine wächst ja ganz schief, komisch! Vielleicht nehme ich beim nächsten Mal den rosa Lack, das fällt dann sicher weniger auf, als bei diesem knalligen.

Ach, ich habe ja noch ein Butterbrot in der Tasche! Hatte es mir schon in weiser Voraussicht – beim letzten Besuch durfte ich hier drei Stunden warten! – eingepackt. Langsam kaue ich darauf herum, lasse mir Zeit in der Überlegung, dass es ja noch länger dauern könnte. Der Harzer Käse stinkt ziemlich, stelle ich fest. Doch ganz gut, dass ich hier allein sitze!

Hoffe, das feine Näschen des Doktors mit den unwahrscheinlich blauen Augen nicht zu beleidigen. So, nun ist das Brot „verdrückt". Nervös nestele ich in meiner Handtasche. Irgendwo ist da doch ein Spiegel! Muss unbedingt herausfinden, ob ein Brotkrümel zwischen meinen Zähnen hängt.

Schließlich habe ich ein bezauberndes Lächeln in die blauen Augen des Arztes geplant! Ja, da hat sich doch tatsächlich so ein Körnchen zwischen zwei Zähnen verkrümelt!

Ich entferne es mit dem oben erwähnten etwas krumm gewachsenen Fingernagel, zutsche kurz zur Sicherheit alle eventuell noch unsichtbaren Krümel zwischen den anderen Zähnen weg und beschäftige mich nun mit dem Zählen der Karos auf den Tapeten. Dabei lasse ich die grünen vorab erstmal aus. Zähle nur die braunen.

Nach unendlich langer Zeit habe ich die Anzahl ermittelt – es sind 230 dieser braunen Kästchen!

Ob das der Doktor weiß? Vielleicht sollte ich ihm mit

dieser Information zart andeuten, wie lange ich schon in meiner Einsamkeit gefangen bin. Die Fenster könnten sie hier auch wieder mal putzen! Na ja, was geht`s mich an, meine zu Hause sind jedenfalls sauber! Nun schweift mein Blick zum Regal an der Wand. Sind das viele Schubfächer! Ob da wohl überall was drin ist? Vielleicht sollte ich mal eins öffnen? Doch was sage ich, wenn man mich dabei erwischt?

„Tschuldigung, dachte mein Rezept liegt schon hier drin"? Sehr witzig!

Ach, auf dem Schreibtisch entdecke ich dann doch noch eine Lektüre: „Dörfer in der Steiermark"! Na ja, es gibt bestimmt Spannenderes! Da, jetzt wird`s interessant! Das Gutachten eines Facharztes über die Schrägstellung eines Patientendaumens liegt hier auch einfach so `rum! Das sollte ich lesen, könnte mir ja auch passieren, so ein Unfall mit dem Daumen – oder gar mit dem Kleinen, dem mit dem schiefen Nagel. Ich sinniere noch darüber, ob ich mich in die Lektüre vertiefen sollte und blicke unendlich lange auf den Hefter. Plötzlich schnellt mein Kopf erschreckt in die Höhe, als ich die aufmunternde Stimme vom Doktor höre:

„Na, Frau Kuhn, dann wollen wir mal!"

Ich habe doch tatsächlich nicht nur sinniert sondern bin dabei auch noch eingeschlafen auf diesem Stuhl!

Eilfertig krempele ich wenig später meinen Pulloverärmel zum Blutdruckmessen hoch, nestele in meinem Haar, sehe nur noch auf meine Armbeuge und vergesse dabei ganz mein bezauberndes Lächeln in seine unwahrscheinlich blauen Augen. Ganz mutig mache ich ihn dann darauf aufmerksam, abermals geschlagene drei Stunden gewartet zu haben!

Er sieht mich erstaunt an:

„Frau Kuhn, das darf einfach nicht sein, wirklich nicht, ich werde dafür sorgen, dass ihnen das nicht mehr passiert."

Dabei lächelt er entschuldigend, fast verführerisch.

Da fällt mir doch glatt wieder mein Vorhaben ein: das geplante bezaubernde Lächeln in seine unwahrscheinlich blauen Augen ...

Das Debüt

*E*in Herr aus dem Bekanntenkreis meiner Freundin Marita wurde siebzig Jahre alt, und es sollte eine ganz besondere Geburtstagsfeier werden. Man hatte sogar eine Sängerin engagiert, und zwar Marita, die Hobbyträllerin. Sie bat mich um Unterstützung bei ihrem „Solo-Debüt" – und hatte Glück. Ich sagte ja.

Maritas berühmtes Vorbild war Zarah Leander, und sie sang mit Inbrunst ihre Lieder – an diesem Abend sollte es ebenso sein. Auch sie zeichnete sich aus durch gewisse Reife, rubensähnliche Körperformen, theatralische Gesten und rote Haare. Ihr vornehmes Auftreten, das sie ganz plötzlich überkam, sobald sie die Aufmerksamkeit aller auf sich fühlte, würde überzeugen.

Ich half ihr dabei einen großen Hut, den passenden Regenschirm, lange Handschuhe sowie ein entsprechendes Kleid für das berühmte „Ich steh` im Regen ...", zu besorgen.

Besonders die Beschaffung des Hutes machte uns Schwierigkeiten. Endlich fanden wir das passende Stück in einem Trödelladen. Auch der mit kleinen Rüschen besetzte Schirm würde noch ein letztes Mal einen Auftritt haben. Dann war es soweit.

Wir fuhren mit dem Taxi zum Bestimmungsort. Nach der Begrüßung der Gastgeber, nebst Gäste und der Gratulation für das Geburtstagskind, dem Essen und Lauschen humorloser Gedichte einiger Anwesenden, die gequälte Lacher und verlegenes Hüsteln auslösten, war endlich – endlich Maritas Auftritt, die schon halb ohnmächtig vor Lampenfieber fast vom Stuhl rutschte! Der leicht ergraute Diskjockey mit frechem Halstuch legte ihre Begleit-Kassette ein, regelte die Lautstärke, die Gespräche verstummten, Blicke richteten sich nach vorn, ein verhaltener Applaus begleitete unsere Sängerin beim leisen Schritt ins Rampenlicht, das in diesem Fall der Dimmerschein des Partyraums im Kleingartenverein

„Laubenglück" war. Sie schien sich jetzt gefangen zu haben.

Auf dem Weg dorthin zuppelte sie verstohlen an ihrem wogenden Dekollete`, den Schirm kess auf ihrer Schulter drehend, sah sie mit Siegerblick unter dem großen Hut ihr Publikum an.

Lächelnd verbeugte sie sich, hob mit bühnenreifer Geste ihren behandschuhten Arm hoch und versuchte lässig den Schirm zu öffnen, wartete dabei auf ihren Einsatz und begann dann nach dezentem Räuspern plötzlich laut und ziemlich schrill mit ihrem Gesang:

„Ich steh` im Regen und warte auf dich ...".

Ich zuckte zusammen. Dabei versuchte sie immer noch den Schirm zu öffnen. Vergeblich – er entglitt ihren Händen und segelte sanft zu Boden. Da lag er nun mitten im Raum, wie ein verwelktes Blatt aus vergangenem Herbst. Ein versecktes Kichern war zu vernehmen.

Sie würdigte den Schirm ab sofort keines Blickes mehr, warf den Kopf in den Nacken und sang ihr Lied mit berühmt-gerolltem „Zarah-Leander-R" zu Ende – verbeugte sich. Applaus!

Beim zweiten Lied gab ihr der Diskjockey wegen des Effekts und als Schirmersatz ein „tonloses" Mikrofon in die Hand. Nun begann sie mit gleichen dramatischen Gesten und abermals gerolltem ‚R': „Ich weiß, es wird einmal ein Wunder gescheh`n..." zu trällern.

Doch wo war das Mikro? Sie hielt es weit von sich, schwenkte es lächelnd an ihrem großen Hut vorbei, gefolgt von ihrem schmachtenden Blick, als gelte er einem Gestutzten Vögelchen, das vergeblich versuchte, sich in die Lüfte zu erheben – um es dann auf einem Regal, das bereits zwei halbvolle Biergläser zierten, abzulegen. Die Funktion desselben schien ihr wohl nicht so ganz verständlich. Der Diskjockey verdrehte im dämmrigen Hintergrund die Augen.

Ein diesmal dröhnendes Gelächter konnten ihr die Zuhörer nicht mehr ersparen. Leicht irritiert sah sie ins Publikum, lächelte trotzdem, wenn auch etwas verständnislos, um dann den Rest ihres Programms vorzutragen. Erleichtert und auch ein bisschen erschöpft verbeugte sie sich. Verhalten erneuter Applaus – den vielkehligen Ruf: „Zugabe!!" hatte man wohl aus Begeisterung vergessen.

Mit herablassendem Lächeln verbeugte Marita sich noch ein Weilchen und kam dann an unseren Tisch zurück. Ich erwartete sie bereits mit einem Glas Sekt, wie es einer Künstlerin gebührt. Verschiedene männliche Rufe aus Altherrenkehlen wurden jetzt laut:

„Zarah, Zarah!!"

Gönnerhaft ging ihr Lächeln in deren Richtung. Wir blieben noch ein Weilchen, aßen von kleinen Köstlichkeiten, plauderten, beobachteten aus dem Augenwinkel tuschelnde Damen am Nebentisch, und Marita war ganz sicher, für den Höhepunkt dieses Abends gesorgt zu haben, wenn auch die Frage nach einem Autogramm ausblieb. Sie tröstete sich:

„Ist ja klar, kuck` dir doch die Frauen an, da traut sich doch kein Mann ..."

Irgendwann traten wir den Heimweg an. Im Taxi stellte sie mir dann noch die berühmte Künstlerfrage:

„Na, sag` ehrlich – wie war ich?"

Natürlich antwortete ich mit einem:

„Wirklich, Marita, du warst einmalig!" – und das war meine tiefste Überzeugung ...

Das Engelbild

Da war ein Engel, der mit erhobenen Händen und beseeltem Blick gen Himmel sah, auf diesem Bild. Doch leider im Hochformat. Irgendwie passte es nicht zu den anderen Bildern über Maritas Bett, meinte sie. Denn alle anderen hingen im Querformat. Sie besuchte mich und wir sprachen darüber.

„Weißt du", meinte sie „ich könnte dieses Bild doch auch quer hängen, das würde bestimmt viel besser passen."

Ich sah sie an, sagte eine Weile nichts in der Hoffnung, sie würde selbst bemerken, wie unlogisch diese Aussage war.

„Was ist, was meinst du dazu, Julia?", hakte sie dann tatsächlich noch nach. Ich grinste und erklärte:

„Es würde sicher merkwürdig aussehen, wenn der Engel plötzlich über deinem Bett liegt – statt seine Hände segnend über dir zu erheben." Sie sah mich missbilligend an und meinte dann nur:

„Ich weiß auch, dass es nicht mit jedem Rahmen möglich ist, aber schließlich sind an meinem seitlich Haken angebracht, ich könnte dieses also ebenso gut anders herum aufhängen. Du hast wohl nicht solche Rahmen, dann geht es natürlich nicht", belehrte sie mich.

Ich bat sie, einmal einen Blick auf meine Bilder an der Küchenwand zu werfen.

„Marita, hier sind zwei Aquarelle, beide zeigen Meer und Strand im Querformat. Was glaubst du, was passiert, wenn ich sie im Hochformat aufhänge? Vielleicht läuft dann das Meer aus den Bildern und ich kann den ganzen Kram aufwischen", versuchte ich es mit Humor. Irgendwie war sie trotzdem noch nicht überzeugt.

„Ich weiß gar nicht, was du willst. Bei mir ist das ganz anders, ich hatte es dir schon gerade erklärt – ist nicht mein Problem, Wenn du`s nicht verstehst."

Tief durchatmend ein erneuter Versuch von mir:

„Marita, nur das Bild ist maßgebend, ob ein Rahmen im

Quer- oder Hochformat aufgehängt werden muss – nicht die Haken am Rahmen entscheiden", wurde ich nun doch schon etwas ungeduldig.

„Ja, ja, ich weiß", meinte sie dann mit verständnislosem Blick. Und dann:

„Du verstehst mich sowieso nicht – wie meistens. Wenn ich meine anderen Bilder quer aufhängen konnte, muss es hier doch auch gehen – ich werde mir den Rahmen noch mal genau ansehen, und dann wirst du schon begreifen, was ich meine."

Ich konnte nur noch seufzend vorschlagen, das ruhig zu tun.

Eine Weile sah sie nachdenklich aus dem Fenster, bat mich, ihr noch ein Glas Wein einzuschenken. Vielleicht war er Schuld an ihrem diffusen Denken? Sicher werden wir die schwerwiegende Entscheidung über die Position ihres Engelbildes gemeinsam lösen, wenn ich sie demnächst mit Nägeln und Hammer besuchen werde ...

Marita on Tour

Nach ihrem fast täglichen Stadtbummel kommt Marita hin und wieder anschließend auf einen Kaffee zu mir. Ich sehe sie erwartungsvoll an:

„Na, was ist dir denn heute wieder passiert?"

„Hör` auf, ich sollte in Zukunft lieber stricken, statt in die Stadt zu fahren, dann blamier` ich mich wenigstens nicht."

Ich muss schon in Vorfreude leicht grinsen, und vermutlich kann ich das sogar gleich ganz breit. Sie streift ihre Jacke ab, lässt sich leicht pustend mit wogendem Busen auf dem Stuhl nieder, fährt sich mit den beringten Fingern durch ihr rotes Kurzhaar und zieht noch schnell ihre Lippen nach.

„Du glaubst es nicht, Julia, irgendwas stimmt mit mir nicht! Das eben in der Bahn war der krönende Abschluss! Wollte meine schwarzen Wollhandschuhe anziehen, musste ja gleich aussteigen. Ich hatte sie so ineinander gesteckt, weißt ja, wie man das immer so macht.

Na, ja, ich ziehe den einen schon mal an. Von gegenüber mustert mich auch noch so eine komische Ziege. Gehe mal davon aus, dass sie eine war, denn ihre Mundwinkel hingen ganz` runter, kennst ja solche Typen.

Also, ich will mir nun den anderen Handschuh überziehen – kucke dabei extra an dieser Gans vorbei aus dem Fenster – und was glaubst du, warum meine Finger in diesem Moment in diesen zweiten Handschuh trotz größter Anstrengung nicht `reinpassten? Weil es gar kein Handschuh war – halt dich fest, es war eine schwarze Socke!! Sag` mal, bin ich noch normal?"

Ja, und schon konnte ich jetzt endlich laut lachen. Sie grinst mit und erzählt weiter:

„Dabei hatte ich doch so schön auf dem Weihnachtsmarkt vorher mit FÜNF jungen Männern gesungen!

Weißt du, wieso? Ich stand an einer Bude, gestattete mir einen Glühwein, da waren sie plötzlich neben mir, die fünf Jungs. Wie ich feststellte, waren sie wohl gut `drauf.

Der eine grinste mich sogar an! Ha, ha! Ja, auch junge Männer werfen so hin und wieder ein Auge auf mich, Julia!

Hab` sie dabei gleich mutig daran erinnert, dass ja Weihnachten vor der Tür stünde, und man ruhig mal ein Liedchen singen könne und sofort angefangen, noch ehe die überlegen konnten ,Oh, du fröhliche!!!' zu trällern.

Die haben doch glatt mitgemacht! Ja, und dann haben wir schön im Chor ,Oh, du fröhliche!!!' gesungen."

Maritas Augen glitzerten richtig vor Begeisterung. Ich lachte und konnte mir lebhaft vorstellen wie sie, mit ausgebildeter Opernstimme, in den höchsten Tönen tirilierte und fünf junge Männer grinsend hinter ihr brummten!

Doch den Kalender einer Bauchtanzgruppe, den ihr vorher eine Tanzfreundin zum Verkauf aufs Auge gedrückt hatte, wollte ihr dann keiner der Jungs abkaufen, trotz der leichtbekleideten Mädels im Glimmerkostüm auf selbigem.

Sie hatte es dann noch mal nach ihrem Einstieg in die Bahn bei einem älteren Herrn versucht – demonstrativ den Din-A-3-Kalender aufgeblättert. Seine Augen wurden zwar immer größer und runder, er beugte sich sanft zu ihr herüber, griff nach ihrem stummen Angebot – doch als sie darauf aufmerksam machte, dass bewusster Herr dafür 15 Euro zahlen müsste, verlor sich sein Blick in der vorbeirauschenden Landschaft, worauf Marita den Kalender vernehmlich zuklappte und ebenfalls das Vorbeirauschende leicht pikiert beobachtete.

Ja, nun schleppt sie diese Kunstwerke wohl noch bis Neujahr auf ihren Touren mit sich herum – Marita gibt nicht so leicht auf …

Marita und der Schuss

Marita ist wieder in Sachen Weihnachten unterwegs. Diesmal auf unserem kleinen Markt um die Ecke. Auch diesmal kommt sie später auf einen Kaffee vorbei. Und auch diesmal ahne ich, dass sie mich gleich zum Lachen bringt.

Doch jetzt war es ganz anders: Sie hatte ein rechnerisches Problem: Wieso kostet ein Glühwein 1,50 Euro plus 1 Euro Pfand extra für das Glas, also 2,50 Euro – und ein Glühwein mit „Schuss" gleich 1,50 Euro Pfand? Somit 3 Euro. Sie konnte es nicht verstehen!

Empört erzählte sie mir davon, als sie sich pustend auf meinen Küchenstuhl fallen ließ. Meine drei Treppen machen ihr stets ganz schön zu schaffen.

„Sag` mal, ist das nicht eine Unverschämtheit? Ist doch egal, was in dem Glas `drin ist, da müssen sie doch nicht gleich das Pfand erhöhen! Man wird ja nur betrogen, egal, wohin man geht!"

Ich bin etwas irritiert.

„Und was hat der „Schuss" gekostet?"

„Wieso, weiß ich doch nicht – das hat doch nichts mit dem Pfand zu tun!"

„Marita, kann es sein, dass der „Schuss" 50 Cent kostet, oder war der umsonst?"

Sie sieht mich an, sagt lange nichts – ich auch nicht. Muss natürlich schon wieder grinsen. Ihr Mund zieht sich zusammen, sie sieht an die Decke und scheint zu grübeln oder auch zu rechnen.

„Peinlich! – und ich habe zu dem feinen Herrn neben mir noch gesagt, wie unverschämt ich das finde. Deshalb hat er mich so angesehen, als fehlte mir noch ein Cent am Euro!

Na gut, dass er mich vorher nicht in der Bahn gesehen hat, Julia. Ich hatte mir extra die Haare noch eingedreht, trage sie ja gerne etwas lockig in die Stirn fallend.

Da macht mich doch eine Dame `drauf aufmerksam, dass

meinen Hinterkopf noch drei bunte Lockenwickler zieren. Kein Wunder, dass mich mal wieder alle blöd angekuckt haben! Was ist bloß mit mir los? Sag` mal Julia, bin ich noch normal?", stellt sie mir ihre Lieblingsfrage.

„Das fängt doch schon mit dem Aufräumen bei mir zu Hause an. Komm` bloß heute nicht zu mir! Da sieht es aus!! Fast der ganze Inhalt des Kleiderschranks ist auf dem Bett verteilt, wusste ja wieder mal nicht, was ich anziehen sollte. Ich habe das alles so satt. Bei anderen sieht es doch auch immer ordentlich aus! Warum schaffe ich das nicht?"

Ich tröste sie:

„Marita, nimm' es einfach so hin. Ist doch nicht schlimm. Du musst eben so mit dir leben, wie du bist."

„Ja", sagt Marita.

„Das ist es ja gerade, was mich so ärgert! Dass ich auch noch mit mir leben muss! Sag` mal, ich habe da neulich mal so eine Sendung im Fernsehen verfolgt. Da ging es um psychologischen Kram, und dass sich manche Leute ganz anders verhalten, als andere. Sie nannten das ‚Emotionale Intelligenz'. Du, ich glaube, so was habe ich auch" …

Der Anruf

Wir telefonierten ziemlich oft, meine Freundin Hanne – und das war sie schon seit Ewigkeiten – und ich. Meist waren die Gespräche gleichen Inhalts: erst die üblichen Fragen nach der Familie, was dieser oder jener Bekannte machte, wie blöd zum Beispiel die Frisur von Elke aussähe, ob ich schon gehört hätte, dass Edwin eine Neue hat, wer sich lange nicht gemeldet hatte – eben das Übliche.

Dann endlich das so bekannte, fast schon von mir erwartete Seufzen am anderen Ende, dem für gewöhnlich ihr einleitender Satz:

„Ach ja, Julia, mir geht`s stimmungsmäßig auch nicht so besonders", folgte.

Wobei sie vermutlich davon ausging, dass es mir wohl ebenfalls nicht so besonders ginge. Woher sie diese Information hatte, ist mir unbekannt. Es war jedenfalls mit Sicherheit der einfachste Weg, zu ihrem Lieblingsthema zu gelangen: dem Älterwerden. Eingeleitet wurde es mit der Standardfrage, wo die Jahre geblieben sind? Ich wusste es auch nicht so genau. Dem folgte dann eine Aufzählung der in den letzten Wochen gemachten Veränderungen bezüglich neuer Falten, Krähenfüße und sonstiger, hier nicht unbedingt zu erwähnender, Zeichen der Zeit.

Danach erzählte sie zum wiederholten Male von der Entgleisung ihres etwas jüngeren Partners Frank. Er nahm sich doch tatsächlich die Dreistigkeit heraus, in Tageszeitungen mit Vergnügen die Abbildungen leicht bekleideter Mädchen, vermutlich Verwandte der berühmten Barbie-Puppe, zu betrachten, ihre Missachtung für dieses Treiben nicht verstehend.

Die Möglichkeit, ihm diese Unart abzugewöhnen, gab es leider nicht, da solche Zeitschriften uns schließlich alle durch den Tag begleiten. Zeitschriften, die uns von der Wichtigkeit gelifteter Gesichter, unterernährter Körper und dem Besitz von Silikonbrüsten überzeugen wollten.

Bei jedem seiner Besuche hoffte Hanne, keines dieser Blättchen unter seinem Arm zu sehen. Meistens wurde ihre Hoffnung nicht erfüllt, denn dieses diente oft als Umhüllung für die Brötchentüte, die er gewohnheitsmäßig mitbrachte.

Wie konnte sie ihn also am Betrachten dieser provozierenden Bildchen hindern?

Vielleicht damit, den Verlag in einem Leserbrief zu bitten, solche Fotos nicht mehr zu veröffentlichen?

Oder sollte sie besagte Fotos, bevor er zum Lesen kam, mit Bildern von Giraffen und Hasen bekleben? Es gab auch noch die Möglichkeit, sie einfach heraus zu schneiden.

Doch das alles war keine Lösung. Musste sie dann doch mit heftigem Protest von Frank rechnen. Es blieb ihr nur eins zu tun: sich beleidigt und kommentarlos zurück zu ziehen und ihn rätseln zu lassen, was ihren Unmut nun diesmal erzeugt hatte.

Dabei wusste er es meist, da besagtes Thema zum Bestandteil ihrer täglichen Unterhaltung gehörte und nicht selten mit lauten, missbilligenden Anmerkungen und Tränen ihrerseits beendet wurde.

Wie gut war es da, sich von der besten Freundin, nämlich von mir, trösten zu lassen. Doch eine Patentlösung hatte auch ich nicht, da mir das Mitspracherecht in den entsprechenden Verlagen fehlte, um Veröffentlichungen dieser Art unterbinden zu lassen. Ich konnte sie nur mit den Worten trösten:

„Was regst du dich auf? Ergebnis zählt, er ist bei dir und keine dieser Silicon-Barbies will ihn haben, Hanne!"

Es beruhigte sie manchmal ein bisschen, allerdings nicht besonders lange. Doch würde sie – wie sie mir ankündigte – wenigstens morgen die Tageszeitung einfach ungelesen „versehentlich" in den Müll werfen, in der Hoffnung, dass dieses nicht von ihm bemerkt würde, wenn er sie zum Frühstück rief …

Die Frauenrunde

Heute wollte ich den Abend ruhig verbringen. Mit einer Ölpackung auf dem Haar – schließlich war ich stets wegen der nicht schlafenden Konkurrenz um mich bemüht — kuschelte ich mich in den Sessel, legte meine Lieblings-CD, die von Patricia Kaas, ein und nahm mein Buch über diese Frauenclique, die ständig Probleme mit Männern hatte – richtig spannend – zur Hand, um endlich darin weiter zu lesen – als es an der Tür klingelte.

Seufzend öffnete ich. Meine blondgelockte Freundin und Nachbarin Maja stand vor mir.

„Du, Julia, ich habe mich heute mit Regine bei dir verabredet", informierte sie mich etwas verspätet.

Ich klappte mein Buch zu und fügte mich – selbst wenn der Abend nun doch nicht so besinnlich verlaufen sollte.

„Gut, dann spüle ich schnell meine Haare aus und du machst den Wein auf", schlug ich vor.

Maja saß bereits am Küchentisch, der Wein perlte schon bald in unseren Gläsern, Zigarettenrauch zog in Kringeln zur Decke, und der kleine Rekorder dudelte seine Lieder, als es erneut an der Tür klingelte.

Diesmal war es die bereits angekündigte, ständig nach Aufmerksamkeit suchende, Regine aus dem dritten Stock. Mit fröhlichem Hallo wurde sie von uns begrüßt. Zu dritt setzten wir die Unterhaltung fort, wobei über Alltägliches und unsere nun schon ziemlich erwachsenen Kinder gesprochen wurde, dem folgte manches Ärgerliche, was wir so loswerden wollten, und zum Schluss landeten wir unweigerlich beim Thema „Männer".

Maja steckte in einer Ehekrise, dachte an Trennung, Regine hatte fast den gleichen Kummer, wobei sie allerdings noch nicht an Trennung dachte. Auch ich hatte so meine Probleme mit einem bereits liierten Mann.

Von Spannungen zwischen uns, dem Liierten und mir, konnte ich ein Lied singen.

Dabei war mir klar, was ich ändern müsste, um endlich die Karten wieder neu mischen zu können.

So diskutierten wir über Lösungen, die eigentlich keine waren und hatten dabei bereits eine Flasche Wein geleert. Dann das Klingeln des Telefons.

Auch Rosa aus der Nebenstraße kündigte sich jetzt telefonisch an, entschuldigte sich damit, dass ihr ein Besuch bei mir gerade so in den Kopf gekommen wäre, und sie nun mal kurz vorbei schauen wolle. Rosas Problem war bekannt. Sie liebte einen Mann, dem es an Entschlussfreudigkeit fehlte, der sie ab und zu traf, ansonsten aber nach seiner Scheidung von einer „ganz schrecklichen" Frau seine Freizeit lieber mit seinen Freunden verbrachte – zu Rosas großem Kummer.

Kurz danach stand sie mit kesser, roter Jungensfrisur vor der Tür, allerdings in Begleitung ihrer langjährigen, etwas schüchternen und blassen Freundin Martha, die sie gar nicht erst erwähnt hatte. Ich überfiel diese gleich schmunzelnd mit der Frage, ob sie auch Schwierigkeiten hätte, sonst müsse ich ihr leider den Eintritt verwehren, denn hier tage eine Frauenrunde mit Problemen.

Martha, unbemannt, kicherte verschämt und meinte dann schnell:

„Ja, hab` ich – werde in der Firma gemobbt, geht das dann auch?"

Ich nickte milde und holte für beide noch schnell Gläser. Dabei überlegte ich laut – da wir nun fast alle beisammen wären – sollte ich schnell noch die gleich um die Ecke wohnende, ebenfalls problembeladene Marita bitten, auch zu kommen? Alle stimmten vergnügt zu. Gesagt – getan.

Unsere theatralische Marita ließ nicht lange auf sich warten. Nun waren wir tatsächlich alle sechs in meiner Küche versammelt und schnatterten, was das Zeug hielt.

Unsere angeregten Gespräche wurden nur vom Öffnen der Weinflaschen – „wer macht die mal auf?" – und dem Verteilen der Chips auf kleinen Schälchen unterbrochen.

Marita, im reifen Frauenalter, war ständig auf der Suche

nach dem Traummann, und tat dieses auch häufig kund. Ansonsten hatte sie ein kleines Geheimnis in dieser Richtung, über das sie nicht sprach. Nur mich hatte sie eingeweiht: Ihres war dem meinen sehr ähnlich – auch ihr Angebeteter war verheiratet!

Wobei Majas Geschichte heute doch den größten Raum einnahm. Sie hatte mal wieder unergiebigen Streit mit ihrem Ulli gehabt, der sie ernsthaft überlegen ließ, sich nun wirklich zu trennen.

Darüber wurde jetzt also unter uns Profis in Sachen Beziehung beraten, bis Maja dann zwischenzeitlich verzweifelt weinte und wir alle versuchten, sie zu trösten, Fakten zu klären und ihr Mut zu machen.

Die Situation war so aufwühlend, dass auch Regine nicht umhin konnte, ein paar Tränen angesichts ihrer eigenen desolaten Lage zu vergießen. Was sollte sie mit einem Mann, dessen Freizeitgestaltung Fernsehen, Computerspiele und Faulenzen war, der nicht mal bereit war, einen Nagel in die Wand zu schlagen? Es blieb ihr eigentlich auch nur die Trennung.

Wir wandten uns jetzt tröstend Regine zu, der dieser Ausbruch – trotz der Aussicht auf ungeteilte Aufmerksamkeit – etwas peinlich schien. Doch warum?

Wir alle konnten sie gut verstehen und bemühten uns, nicht in gleicher Weise zu reagieren und auch in Selbstmitleid zu zerfließen, um unseren unterdrückten Tränen freien Lauf zu lassen. Denn Komik war hier nun wirklich fehl am Platze. Was konnten wir also tun? Erst mal erneut eine Flasche Wein öffnen, ein paar Chips in den Mund stecken, eine Zigarette anzünden, um dann die ganze Geschichte von Regine weiter zu vertiefen.

Regines Tränen versiegten schon bald bei soviel Aufmerksamkeit, der Wein ließ uns alle in diffuse Stimmung kommen, wir begannen über die Frage zu sinnieren, warum nicht jede einfach ihren Typen, der sie in diese unergiebige emotionale Lage brachte, vergessen könnte und sich anderweitig umsehen würde? Aber wie, wenn die „Jungs" doch alle manchmal irgendwie so richtig „süß" waren, diese Streithähne, Computerspieler und Liierten?

Am besten ging `s dabei Martha.

Ihre Mobbing-Geschichte wurde nur kurz erörtert, aber allen war klar, dass sie nicht im Geringsten den Stellenwert einer desolaten Beziehungskiste hatte! Sie verursachte mit Sicherheit nicht dieses Brennen in der Brust und den Knoten im Bauch. Ob Martha darüber nun froh sein sollte, musste sie selbst entscheiden.

Jetzt sinnierte Marita mit nun schon gelöster Frisur darüber, dass sie doch eigentlich die meisten Erfahrungen habe, da nun schon einige Männer ihren Weg gekreuzt hätten. Leicht weinselig stellte sie fest, dass „alle Mistkerle gewesen seien, und sich kein brauchbarer darunter befunden hätte". Rosa, mit der frechen Frisur, fiel dazu ein, dass auch sie endlich ihren „Mistkerl" vergessen müsse. Beifälliges Gemurmel bestätigte ihren Vorsatz.

Auch ich bemerkte später, demnächst ernsthaft mit dem bereits Liierten reden zu wollen, da es nun endlich mal sein müsse. Ich wollte wirklich über Konsequenzen nachdenken. Wieder Beifall der anderen.

Selbst Martha kam nach einigem Nachdenken zu dem Schluss, ihre Arbeitsstelle wechseln zu müssen, da unser Leben bekanntlich Veränderung ist, wollte auch sie das ihre verändern.

So saßen wir den ganzen Abend in der Küche, diskutierten, schimpften, weinten und lachten ein bisschen, dazu verbreitete die Duftlampe immer noch einen Geruch von Vanille – Zigarettenrauch zog verstärkt sanfte Schleier über unsere Köpfe – der Wein perlte im Glas und die Musik berieselte uns leise mit Liedern, die unsere Melancholie noch schürte.

Irgendwann stellten wir fest, dass uns unsere Freundschaft doch eigentlich viel wichtiger sei, als alle Männer dieser Welt, und jedes Problem nur halb so schlimm, wenn man mal drüber spricht. Nach dieser Feststellung zu vorgerückter Stunde, langen Umarmungen, Beteuerungen, unsere nachbarschaftliche Freundschaft nie aufzugeben und wieder ziemlich fröhlich – verabschiedeten wir uns voneinander.

Dabei war schon jetzt verschwommen klar, dass wir in naher Zukunft sicher nichts ändern würden.

Noch an der Tür ermahnte ich alle, sich zu so später Stunde still zu verhalten:

„Pst – die Nachbarn!", flüsterte ich, was meine Freundinnen nicht sonderlich interessierte, denn es musste mir noch auf dem Treppenabsatz die eine oder andere Bemerkung zugerufen und bekichert werden.

Endlich war es still, ich schloss die Tür, räumte die Küche ein bisschen auf, öffnete das Fenster, atmete die kühle Luft ein, stellte die leeren Flaschen weg und griff erneut zu meinem Buch. Wenigstens ein Kapitel – nämlich das über eine unglückselige Beziehung – wollte ich noch zu Ende lesen …

Die Tastatur und ich

*E*ndlich Zeit – Zeit, den Brief an Tante Friedel in Rostock zu schreiben. Immer und immer wieder hatte ich es mir vorgenommen und war dann doch dankbar, wenn man mich mitten in den Vorbereitungen störte. Denn schon oft hatte ich den Stuhl zurecht gerückt, die Musik leise säuseln und den PC „hochfahren" lassen – worauf es dann oft just in diesem Moment stürmisch an der Tür klingelte. Freudig begrüßte ich den Besucher, hatte er mich doch vom lästigen Briefschreiben befreit, zumindest für das nächste Stündchen.

Auch heute wartete ich auf diese Art der Störung. Leider vergebens. Dafür erlebte ich dann eine ganz andere Überraschung. Bereitwillig setzte ich mich nun wieder einmal – nach des Tages Müh` und Plag` und Kaffeekochen – an den PC, wollte ein Schlückchen Kaffee genießen, lehnte mich zurück – nee, eher nach vorn – und goss dabei die ganze Tasse Kaffee, der duftende Kringel in meine Nase steigen ließ, über meine Tastatur! Minutenlange Blicke trafen das Geschehen. Was hatte ich da bloß gemacht, und wie kam meine Tastatur aus dieser Nummer wieder `raus?

Ich hob sie erst einmal hoch und ließ die köstliche Flüssigkeit aus ihr herauslaufen. Platsch, platsch – auf den Schreibtisch. Auch der Teppich sollte nicht leer ausgehen, selbst meinen Pulli und den Rechner linksseitig hatte ich mit dem braunen Nass bedacht.

Ganz ruhig, Julia – sagte ich mir und lehnte mich diesmal wirklich zurück, nachdem ich ein wenig mit dem Handtuch das Schlimmste entfernt hatte. Dann startete ich einen Probelauf, schrieb erwartungsvoll ein paar Buchstaben.

Ich drückte das "A", doch es erschien ein "B".

Ich drückte das „B" und es erschien nun ein „H".

Hiermit könnte ich die Reihenfolge weiter fortsetzen, doch das wird den Leser dieser Geschichte mit Sicherheit langweilen. Kurz, es stand nichts von dem im Schreibprogramm, was ich eingegeben hatte. Nun musste ich handeln! Ich dachte vorab ein wenig auf dem Fall herum, bis ich zum Schluss kam, die Schrauben an der Unterseite der Tastatur lösen zu müssen – trotz meiner vor Ärger zitternden Hände. Eine nach der anderen, um die Innenseite nun mit dem Fön zu bepusten.

Merkwürdiger Weise bekam ich die Schrauben nicht vollständig herausgedreht, zog und zerrte jetzt verzweifelt daran herum, stand letztendlich nach tiefem Überlegen langsam auf, versuchte dabei ganz ruhig zu bleiben, Haltung zu bewahren und wusste jetzt, wie ich meiner langsam aufsteigenden Wut rechtzeitig Einhalt gebieten konnte, ehe die Tastatur aus dem Fenster flog. Dazu fasste ich einen mutigen Plan: Vorab schloss ich jedoch das Fenster ganz fest zu – wollte Zuhörer vermeiden – ergriff die Tastatur, schwenkte sie über meinem Kopf einige Male wild hin und her, um sie dann in hohem Bogen wütend auf den Fußboden statt aus dem Fenster zu schmeißen, während ich laut, mit fast überschlagender Stimme schrie:

"Schei...!!!" – und das in mehrfacher Wiederholung.

Erstaunlicher Weise tat es mir gut, und so wiederholte ich diesen entspannenden Vorgang noch einige Male mit gleichen, vielfachen Siegesrufen. Gelassen vereinigte ich dann den Rechner mit seiner alten Tastatur, der mit dem Kabel.

Ich selbst bin jetzt immer noch ganz ruhig, ja, fast heiter.

Dabei stelle ich fest, dass man ganz einfach, mit nur einem kleinen Tobsuchtsanfall und diesem „bösen Wörtchen", so manche Beruhigungspille ersetzen könnte …

Meine Nachbarin

Schön, dass manche Nachbarn besorgt um ihre Mitbewohner sind. Auch ich habe so eine Nachbarin. Zumindest ist ihr die Übersicht über mein Tun sehr wichtig.

Wir begegnen uns meist, wenn sie die Treppe in unserem Mietshaus reinigt, was sie mit großer Hingabe tut. Das geht über fegen, wischen, bohnern, polieren bis zum Putzen des Fensters, das letztere möglichst alle vierzehn Tage. Dieses Glück haben nicht mal die Fenster meines trauten Heimes.

Den ganzen Vormittag ist sie damit beschäftigt, wobei ich für diesen Dienst höchstens zehn Minuten benötige, natürlich, ohne das Fenster zu putzen, den Boden zu bohnern und das Geländer zu polieren. Warum sollte ich – da sie es doch ständig tut? Um ihr das nicht zu sehr zu verdeutlichen, lasse ich meinen Putzeimer meist noch eine halbe Stunde im Treppenhaus stehen, als wäre ich noch emsig beschäftigt.

Anfangs bemängelte sie, dass von mir nicht die gleiche Leidenschaft für diese Tätigkeit sichtbar war.

„Sie müssen aber den Boden auch bohnern, nicht nur wischen, das muss ich ihnen leider mal sagen", machte sie mich in belehrendem Ton und beschwörendem Blick aufmerksam.

Demnach hatte sie mein Werken also beobachtet. Nach Rücksprache mit meinem Hauswirt weiß ich nun, dass ich dies nicht tun muss, sondern die Benutzung eines gängigen Putzmittels genügen würde. Darüber klärte ich sie auf. Ihre Reaktion erstaunte mich etwas, denn sie nahm es freundlich zur Kenntnis.

Sicher, weil mir ihre Kritik nicht gleichgültig war. Mit dem gängigen Putzmittel war sie dann auch einverstanden und übernahm nun gern weiterhin die ehrenvolle Aufgabe des Bohnerns, vermutlich setzte sie da sowieso nicht sonderlich viel Vertrauen in meine Fähigkeiten. Dem Boden war es wahrscheinlich auch egal, wer von uns beiden sich an ihm austobte.

Umsichtig wie sie nun einmal war, versäumte sie es auch nicht, mich bezüglich der Tätigkeit eines Handwerkers, der eines Tages über die Mittagszeit sein „Unwesen" bei mir trieb, darauf aufmerksam zu machen, dass zwischen 13 h und 15 h absolute Ruhe in diesem Hause zu herrschen habe.

Besagter Handwerker stimmte ihr freudig zu und bat sie nur, in dem Fall seinen Arbeitslohn für die zwei versäumten Stunden zu übernehmen, denn auf Differenzen mit seinem Chef wollte er es nicht ankommen lassen. Er selbst würde sich gern vorübergehend in die Sonne legen. Auf diesen Vorschlag wollte sie nun doch nicht eingehen und ließ ihn dann gnädig mit süß-säuerlichem Lächeln gewähren.

Wir beide sind uns jetzt soweit näher gekommen, dass auch schon mal ein kleiner Plausch auf der Treppe stattfindet. Vor einigen Tagen nun sprach sie mich in vertraulichem Ton an:

„Sagen Sie mal, ich hätte da doch mal drei Fragen an sie, die mir keine Ruhe lassen!" Ich ermunterte sie, diese ungeniert zu stellen.

„Tja, nun gut" – überwand sie ihre gespielte Zurückhaltung:

„Also, äh ... wo gehen sie eigentlich jeden Morgen hin?" Die Antwort war einfach.

Es handelt sich um einen kleinen Job, dem ich täglich morgens nachkomme. Sie schien zufrieden mit meiner Antwort. Dann ihre zweite Frage im strengen Ton:

„Und warum schließen sie sich jeden Abend ein? Hier, in unserem Hause, passiert nichts, da können sie ganz sicher sein."

Bei dieser Frage fiel es mir schon etwas schwerer, sie zu überzeugen, dass ich mich nur dann in meiner Wohnung sicher fühle, wenn ich dieses täte, aber über die Notwendigkeit nachzudenken, versprach ich ihr dann doch.

Seitdem schließe ich meine Tür abends immer ganz leise zu, um ihren Unmut nicht weiterhin zu erwecken.

An ihre dritte Frage konnte sie sich nicht sofort erinnern,

was sie ganz nervös machte in der Angst, ich könnte aus Zeitgründen das Gespräch abbrechen und diese Frage bliebe unbeantwortet. Ich tat es aber nicht, weil ich doch tatsächlich neugierig darauf war.

Nach einigem Überlegen strahlte sie mich dann an und meinte:

„Jetzt weiß ich, was es noch war: Sagen sie, wieso kommt der Herr mit dem Hund eigentlich nicht mehr zu ihnen?"

Oh – nun hieß es, die kleinen grauen Zellen zu aktivieren, was mir auch erstaunlicherweise gleich gelang.

Ich erklärte ihr, wir beide hätten zeitweilig, „der Herrn mit dem Hund" und ich, geschäftlich miteinander zu tun gehabt und diese Zeit wäre nun vorbei. Natürlich war dem nicht so, der Herr mit dem Hund war aus einem ganz anderen Grund zu mir gekommen. Doch wie kam ich dazu, sie über mein Privatleben zu informieren?

Aber auch diese Antwort schien sie zu befriedigen, wenn auch nur annähernd, da ich ein kleines misstrauisches Blitzen in ihren Augen sah. Mir noch einen schönen Tag wünschend ging sie dann zurück in ihre Wohnung.

Ihr fröhliches Trällern hinter der Tür stimmte auch mich heiter in der Gewissheit, so besorgte Nachbarn in meiner Nähe zu wissen …

Unser Haus

Es riecht nach Bohnerwachs und hin und wieder auch nach Bratkartoffeln, unser schon ziemlich verstaubtes Treppenhaus. Manchmal findet dort auch ein kleiner „Klönschnack" auf dem Treppenabsatz statt, wie es in alten Häusern meist üblich ist.

Ich für meinen Teil öffne die leicht knarrende Haustür meist so gegen 8.30 Uhr, um meiner Arbeit nachzugehen. Wenn ich Glück habe, erreiche ich sie morgens unbeschadet aus meiner Wohnung im dritten Stock. Allerdings habe ich oft das Gefühl, als werde ich von Frau Schirmer im zweiten bereits erwartet.

Gerade auf ihrem Treppenabsatz angekommen reißt sie mit erstauntem Blick – so, als hätte sie mich vorher nicht gehört – ihre Wohnungstür auf und wünscht mir fröhlich einen guten Morgen. Ich antworte ebenso fröhlich in dem Bestreben, schnell an ihr vorbei zu huschen. Natürlich gelingt mir das mal wieder nicht.

Wie schon geahnt, informiert sie mich mit eindringlichem Blick vorab mal wieder über ihre Schlaflosigkeit, geht dann über zu häuslichen Neuigkeiten der restlichen Mieter. Ihr Favorit ist ihre Nachbarin Frau Häusler auf gleicher Etage – bereits über siebzig und schwerhörig.

Allerdings könnte die, würde man sie nicht bremsen, das ganze Haus mit ihren kleinen Erledigungen beschäftigen. Wurde ihr nicht gehorcht, riskierte man eine Rüge inklusive grimmigem Blick, als ginge sie davon aus, das ganze Haus hätte nichts anderes zu tun, als ihre Glühbirnen zu erneuern, ein Schränkchen zu verrücken, die Leiter aus dem Keller zu holen und bei der Gelegenheit auch gleich das aus der Gardinenstange gesprungene Röllchen aufzuziehen, um die Gardine wieder in Form zu bringen.

Sollte man dazu keine Zeit haben, ist man sofort degradiert zum ungefälligen Mitbewohner, der einbildet, unfreundlich und mitleidlos ist und dazu für eine arme alte

Frau nicht mal ein paar Minuten Zeit hat. Schon klopft das schlechte Gewissen.

Schließlich muss damit gerechnet werden, dass ungefälliges Verhalten an andere Mieter weitergegeben wird. Wie steht man dann da? Wer möchte ein Raunen über sich hinter vorgehaltener Hand riskieren?

Also beugt man sich ihrem Willen selbst auf die Gefahr hin, einen Termin zu verpassen. Ja, Frau Häusler hatte die meisten Mieter im Griff. Mich hat sie zu meiner Verwunderung noch nicht in Beschlag genommen.

Sicher habe ich das meiner oft gespielten Geschäftigkeit zu verdanken, indem ich auch hier auf der Treppe in Windeseile an ihr vorbei rauschte und ein verzweifeltes, überlautes:

„Meine Güte, ich komme schon wieder zu spät!" in ihre Richtung schickte, so dass mich meist ihr:

„Dann aber schnell!!" die letzten Stufen begleitet.

So gesehen kam ich mit ihr eigentlich ganz gut aus. Neulich musste ich, trotz des traurigen Anlasses, herzhaft über sie lachen: Eine schon sehr betagte Nachbarin aus dem Nebenhaus ist vor einigen Wochen verstorben.

Ich saß nun bei Frau Schirmer in der Küche, um mit ihr unsere Nebenkostenabrechnungen zu vergleichen. Dabei erzählte sie – leider versäumt zu haben – uns alle an eine kleine Spende für das Beerdigungskränzchen zu erinnern. Ich bedauerte, nicht selbst daran gedacht zu haben.

Frau Schirmer erzählte mir dann, auch unserer schwerhörigen Frau Häusler von ihrem schlechten Gewissen berichtet zu haben.

„... und wissen sie, was die darauf gesagt hat? Das glauben sie nicht – wenn ich das erzähle, muss ich immer wieder lachen – also, Frau Häusler meinte – und nun passen sie auf – sie hat wörtlich gesagt: ‚Ich hätte bei der sowieso nichts dazu gegeben, denn die hat mir auch nicht immer alles erzählt!'"

Ja, und dann lachten wir beide herzhaft im Duett ...

Der Paketzusteller

F ast jede Woche kommt er zu mir, unser fröhlicher Paketzusteller, der für selbige zuständig ist, nämlich für die Pakete. Manchmal hat er ein Paket für mich, dann mal wieder eins für einen meiner Nachbarn – da diese nicht im Hause wären – wie er sagte. Unverschämt grinsend steht er dann vor meiner Tür, nachdem er sich per Gegensprechanlage schon fröhlich angekündigt hat.

Es ist ihm egal, ob mein Haupt noch Lockenwickler schmücken, ob ich zufällig mal gestylt bin oder wie „Puttchen Brammel" ungeschminkt vor ihm stehe – er findet mich immer schön. So umwerfend schön, dass er dieses jedes Mal kundtun muss.

Nicht einfach so – nein – er schwelgt dann in blumigen Ausführungen, die mich zum Lachen bringen. Selbst die Tatsache, dass zu meinem Alltag noch irgendwie jemand anderes gehört, konnte ihn nicht am Drängen auf ein kleines, angeblich freundschaftliches, Date zu einem Kaffee mit ihm hindern.

Um eine Unterschrift von mir für den Empfang eines Pakets zu erhalten, schiebt er meistens seine etwas füllige Figur in meine Richtung fast auf Tuchfühlung – rein zufällig natürlich, denn er muss mir doch zeigen, wo ich denn nun unterschreiben soll! Mein Zurückweichen nimmt er nicht zur Kenntnis, sondern schiebt sich weiter grinsend gegen mich, dabei weist er mit dem fleischigen Finger auf die betreffende Zeile in seinem Beleg.

Seine Frage, ob er denn nun vielleicht doch mal eine Chance bei mir hätte, wiederholt sich ständig. Auf meinen üblichen Kommentar, ich hätte immer noch nicht darüber nachgedacht, folgt dann meist die Anweisung, dieses nun endlich mal zu tun, da er das nächste Paket mit Sicherheit bringen würde und dann auf eine Antwort bestehen müsse.

Dieses Spiel treiben wir nun seit Monaten. In den letzten Wochen häuften sich die Abgaben fremder Post bei mir.

Beim letzten Paket habe ich ihn dann erwischt: Er erzählte mal wieder, dass betreffende Person nicht im Hause wäre, und er ihr einen entsprechenden Zettel – das Paket bei mir abholen zu können – in den Briefkasten gelegt habe.

Dabei hatte er dann wieder reichlich Gelegenheit, mich zur „Miss Germany" zu küren, und mich darauf hinzuweisen, dass eine Antwort auf ein von ihm erwünschtes kleines Kaffeetrinken zwischen uns immer noch im Raum stünde.

Ich vertröstete ihn auf die gewohnte Art und versuchte, seine Lobreden über mich etwas zu bremsen. Es gelang mir nicht. Ein fröhliches:

„Ich gebe nicht auf, schöne Frau", mit der gleichzeitigen Anfrage, ob er mich nicht allmählich mal duzen dürfte, was ich sanft verneinte, beendete unser Gespräch, worauf er trotzdem fröhlich pfeifend die Treppen hinunter lief.

Gegen Abend klingelte es an der Wohnungstür – besagte Nachbarin stand vor mir.

„Ich wollte mein Paket abholen", ließ sie vernehmen.

Ich lächelte freundlich und übergab ihr den Gegenstand unseres Gesprächs.

Sie klärte mich dann nebenbei darüber auf, dass sie den ganzen Tag im Hause und auf das Paket gewartet habe, und es ihr unverständlich sei, wieso der Paketbote nicht bei ihr geklingelt habe! Ich sprach zu ihrer Beruhigung die Vermutung aus, dass ihre Klingel in diesem Moment eventuell defekt gewesen sei.

Sie gab mir nach einigem Überlegen Recht und meinte, es gäbe ja nun wirklich für Besagten keinen Grund, sich nicht bei ihr zu melden.

Das zu bestätigen ließ ich dann doch offen.

Der Grund für diese Fehlhandlung war mir nun völlig klar:

Wie sonst sollte der Gute mich so oft an seine Nachfrage bezüglich unseres näheren Kennenlernens erinnern können?

Ich überlege jetzt, ob ich ihm sagen sollte, hinter sein kleines Geheimnis gekommen zu sein oder lieber unser Spielchen noch eine Weile mit ihm zu treiben.

Denn irgendwie würden mir dann vielleicht seine verzückten Komplimente und auch der Gesprächsstoff mit noch jemandem, der das Ganze ziemlich gelassen und mit einem Augenzwinkern verfolgte, doch etwas fehlen ...

Aus dem kleinen Tagebuch ...

*E*ines jungen Altenpflegers aus unserer Einrichtung, in der ich stundenweise arbeite. Bei einem Cappuccino nach Feierabend las er mir daraus vor. Kleine Geschichten über einige ganz reizende alte Damen, die er betreut – geschrieben mit einem lachenden und einem weinenden Auge:

7 Uhr - Fräulein Waldner

Schon wieder dieses penetrante Klingeln meines Weckers!

So begann erneut eines dieser Erwachen, bei denen ich es bereute, nicht Millionär geworden zu sein. War Altenpfleger denn wirklich die einzige Alternative für mich? Ja! Ich möchte nichts anderes tun.

Diesem Gedankengang folgend sprang ich nun doch schon fröhlicher unter die Dusche. Heute stand Fräulein Waldner gleich am Anfang auf meinem Dienstplan. Fräulein Waldner, bisschen tütelig, bisschen zerstreut, doch liebenswert, wie alle alten Damen, die ich betreue.

Schnell einen Toast, die Tasse Milchkaffee und ab ins Auto. Kurz nach der dritten Ampel bog ich in die Blumenstraße, die Straße von Fräulein Waldner ein.

Leise schloss ich die Tür auf, rief dann fröhlich:

„Ich bin daaa – sind sie schon wach, Fräulein Waldner?"
Sie legt großen Wert darauf, „Fräulein" genannt zu werden, schließlich war sie nie verheiratet. Mir macht es keine Mühe, also nenne ich sie „Fräulein" – das Fräulein Waldner. Da hörte ich ihr hohes Stimmchen:

„Sie finden mich im Bad!"

„Warten sie, Fräulein Waldner, ich helfe ihnen!"

Schon stand ich neben ihr und drücke die Zahnpasta auf ihre Bürste.

Sie sieht mir aufmerksam zu, spielt mit der Hand an ihrem langen Zopf herum, der ihr jetzt über dem Rücken hängt und tagsüber hochgesteckt ist.

Nun schritten wir zur Tat. Sie nahm die Zahnbürste in die

eine Hand, den Becher in die andere. Dann putzte sie eifrig, von oben nach unten, von Norden nach Süden und auch noch hin und her.

Irgendwann fand sie, dass es genug sei, nahm einen Schluck aus dem Becher, spülte und schluckte dann alles runter. Ich sah sie erstaunt an.

„Fräulein Waldner, sie müssen doch ausspucken!"

Ein erstaunter Blick folgt meiner Aufforderung. Zweimal schluckte sie noch, nach der dritten Ermahnung spuckte sie tatsächlich alles wieder aus und sah mich stolz an. Ich musste lächeln und lobte sie.

Später, nach dem Frühstück, stand die Einnahme ihrer Kreislauftabletten auf dem Stundenplan. So holte ich ihr ein Glas Wasser, legte die Pillen auf ihre Zunge, nachdem sie den Mund aufgemacht hatte und ermunterte sie, jetzt einen Schluck Wasser hinterher zu trinken. Brav folgte sie meiner Anweisung – trank, spülte ein bisschen und spuckte dann alles, die Tabletten und das Wasser, fröhlich und mit stolzem Blick auf den Tisch ...

9 Uhr – Oma Schulze

Schnell zwei Stufen auf einmal nehmend landete ich später im dritten Stock – nun bei Oma Schulze. Freudig begrüßte sie mich, den neuen Pfleger, den sie nun erst einmal näher kennen lernen möchte, obwohl sie mich schon häufiger kennen gelernt hat. So begannen wir auch heute wieder unser übliches Spielchen, das für Oma Schulze keines ist und jedes Mal mit der Frage beginnt:

„Sagen sie mal, junger Mann, haben sie denn nun schon eine Arbeitsstelle?" Und natürlich erklärte ich ihr auch diesmal, dass auch sie mein Broterwerb ist.

Wird sie morgen erneut fragen?

Ganz interessiert mit sanftem Lächeln, grauen Löckchen und hochgeschlossenem Nachthemd, stellte sie mir wie üblich auch ihre zweite Frage:

„Sagen sie mal, junger Mann, wo wohnen sie denn

eigentlich?" Hatte sie tatsächlich auch das wieder vergessen?
„Ich wohne in Hannover, Oma Schulze."
Ihr Blick wird skeptisch:
„Das glaube ich ihnen nicht!" Schon wieder nicht? Ich wendete mich meiner Arbeit zu, überhörte einfach den Kommentar von ihr.

Der Kühlschrank sollte ein wenig aufgeräumt werden. Ich stellte die Lebensmittel mit bereits abgelaufenem Datum auf den Küchentisch, während sie sich im Bad ein bisschen frisch machte.

Kurz darauf sah sie mir interessiert zu und stellte erneut ihre freundliche Frage:

„Wo wohnen sie denn junger Mann?" Ein leichtes Pusten entrang sich meiner Brust:

„In Hannover", versuchte ich trotzdem wieder ganz liebenswürdig zu antworten. Worauf Oma Schulze feststellte:

„Das glaube ich ihnen nicht, sie sind ein Betrüger!"

Was ist daran betrügerisch? Musste ich das so hinnehmen?

Bei Oma Schulze drückte ich mal ausnahmsweise beide Augen zu und zog ihr die hübschen dunkelblauen Sportschuhe an. Sie kuckte mir ganz neugierig in die Augen als ich mich aufrichtete und stellte erneut ihre Standardfrage:

„Wo wohnen sie eigentlich?" Ich klärte sie darüber auf, dass ich es ihr wirklich schon mehrmals gesagt hatte! Mit Unschuldsmine entschuldigte sie sich:

„Ach bitte, sagen sie es mir doch noch mal, bin doch so vergesslich."

„Ich wohne in München, Oma Schulze."

„Das glaube ich nicht, die sprechen doch da ganz anders, wo wohnen sie denn nun wirklich?" resigniert antwortete ich ihr:

„Ich wohne in Kairo." Da kannte Oma Schulze sich aus:

„Das stimmt ganz bestimmt nicht, die sehen doch ganz anders aus!"

Völlig verzweifelt offenbarte ich ihr nun doch noch einmal die schonungslose Wahrheit:

„Ich wohne in Hannover!!" Endlich war sie zufrieden:
„Na sehen sie, junger Mann, warum haben sie das denn
nicht gleich gesagt!!!"

10 Uhr – Oma Schödel

Auch Oma Schödel gehört zu den liebenswürdigen alten
Damen, die ich täglich betreue – und die gern etwas länger
schläft.

Heute hatten wir besonders schönes Wetter und ich
schlug später einen Osterspaziergang vor.

Fröhlich stimmte sie zu. Ich half ihr in den sandfarbenen
Staubmantel und setzte ihr das kleine braune Hütchen dazu
auf, nahm galant ihren Arm und führte sie durchs Treppenhaus.

Langsam schritt sie neben mir auf die Straße, hielt das Gesicht in die Sonne und seufzte zufrieden.

Wir bogen in die Nelkenstraße ein. Bewundern blieb sie
hin und wieder stehen und freute sich über erste Krokusse,
die ihre Blüten neugierig aus dem Rasen streckten. Verson-
nen lächelnd ging sie dann langsam Schritt für Schritt mit
meiner Hilfe weiter.

Einige Hausbesitzer haben ihre Büsche mit Osterdekorati-
onen geschmückt.

Auch das entging Oma Schödel nicht, und ich musste laut
lachen, als sie mich am Ärmel zupfte und mit ihrem Stock
auf den nächsten Garten zeigte:

„Sehen sie sich das an junger Mann – Müllers Garten – ist
es nicht wunderbar, wie schön bunt die Ostereier dieses Jahr
wieder wachsen?" …

13 Uhr – Frau Heinze

Auf dem Weg in meine häusliche Mittagspause begegnete
mir meine Kollegin Britta. Schade, dass sie verlobt ist. Sie
könnte mir gefährlich werden mit ihrem Blondhaar und den
vollen Lippen.

So allerdings konnte ich meine Aufmerksamkeit nur auf

unsere pflegebedürftigen Damen lenken.

Britta betreut eine in der Wohnung gegenüber von mir lebende ältere Dame, Frau Heinze. Ich traf beide in eine Diskussion verwickelt im Treppenhaus, Frau Heinze und meine Traumfrau, als ich gerade die Haustür aufschloss.

„Frau Heinze, wir gehen jetzt nach Hause, sie müssen sich ein wenig ausruhen!" versuchte Britta sie zu überzeugen.

„Reden sie mir nichts ein, ich will nicht nach Hause, basta!"

„Frau Heinze, was ist denn los?" versuchte ich jetzt heraus zu bekommen, als sie vor mir standen.

„Ach, ich habe mich verletzt und brauche einen Arzt!" Ein Augenzwinkern von Britta hatte mir bestätigt, dass alle Sorge überflüssig war. Es war ihr nichts passiert, sie war nicht gestürzt. Was sollte ich also tun?

„Frau Heinze, kommen sie am besten mit in meine Praxis", versuchte ich, sie zu beruhigen. So gingen wir alle drei in meine Wohnung, Britta setzte gleich einen Kaffee in meiner Junggesellenküche auf, ich sah mir die angebliche Verletzung von Frau Heinze am Knie an.

„Herr Doktor, ich bin so froh, dass sie gekommen sind!" Es tat schon recht gut, „Herr Doktor" genannt zu werden. Nein, ich war kein Hochstapler, ich hieß nur kurzfristig so für einen guten Zweck und verordnete ihr für ein Weilchen die Beine hochzulegen, ging dann in die Küche und genoss den frischen Kaffee, von Britta zubereitet und mit einem knackigen Käsebrötchen von mir ergänzt. Viel Zeit blieb uns nicht, mussten wir doch beide wieder an unsere Arbeit.

Oma Heinze saß noch brav im Sessel, war fast ein wenig eingeschlafen. Doch als sie mich sah, strahlten ihre Augen erwartungsvoll:

„Herr Doktor, was verordnen sie mir denn nun?"

„Ach, Frau Heinze, ich schreibe ihnen mal sehr viel Ruhe auf – das wird ihnen sicher gut tun – und nachher gehen sie mit Britta nach Hause, essen etwas und lassen sich brav umziehen."

Ich tat, als schrieb ich etwas auf einen Zettel, malte jedoch ein Herzchen für Britta darauf.

„Dann nehmen sie noch ihre Medikamente und alles wird gut, Frau Heinze. So können wir uns sogar die Beruhigungsspritze ersparen."

Darüber war sie besonders froh und auch über den netten Doktor, von dem sie noch lange schwärmte, wie Britta mir beim nächsten Kaffeestündchen erzählte ...

16 Uhr – Oma Müller

Nichts liebte sie mehr, als ihren kleinen Spaziergang vor dem Fernsehen am Abend, Oma Müller mit den rundlichen Formen und der strubbeligen Kurzhaarfrisur. Wir hatten irgendwann unsere Runde beendet und standen dann vor ihrer Haustür. Zu meinem Erstaunen stellte Oma Müller plötzlich fest:

„Hier wohne ich nicht, bringen sie mich nach Hause!"

Was war denn nun los? Ich wusste ganz genau, dass sie hier wohnte und versuchte, sie davon zu überzeugen. Vergeblich!

Sie wohne hier nicht und glaube mir auch nicht! In der Hoffnung, dass sie es sich anders überlegen würde, gingen wir erneut um den Block, und bald darauf standen wir wieder vor dem gleichen Haus.

„Sehen sie, junger Mann, hier wohne ich! Leider habe ich meinen Schlüssel vergessen!"

Natürlich hat sie den nicht vergessen, wie stets trage ich ihn bei mir und schließe kommentarlos auf.

„Man gut, dass sie einen Schlüssel haben, der in jedes Haus passt!", freut sie sich. Ich nahm ihr den Mantel ab, sie schlüpfte in ihre Hausschuhe und machte es sich auf dem alten Sofa aus ihrer Ehe mit Herbert gemütlich.

Ich schaltete den Fernseher ein. Plötzlich sah sie mich erschrocken an:

„Mensch, jetzt haben sie mir den Fernseher geklaut!"

„Aber wir sehen doch gerade fern!"

„Ich hatte aber zwei!"

„Nein, sie haben nur den einen!"

„Das stimmt überhaupt nicht, schließlich habe ich hinten auf dem Tischchen auch zwei Fernbedienungen liegen!"

Ich prüfte die Sache:

„Nein, hier liegt nur eine, Oma Müller!"

„Wie, da liegt nur eine? Sehen sie, dann haben sie mir die doch tatsächlich auch geklaut!!"

21 Uhr – Oma Weinstein

Mein kleines Sorgenkind ist Oma Weinstein. Jedes Mal sträubte sie sich ins Bett zu gehen, weil sie doch noch auf ihren Mann warten müsse, wie sie mir immer wieder gern erklärt. Auf ihren Mann, den ich alle vier Wochen mit ihr auf dem Friedhof besuche, dem sie dann ein Sträußchen aktueller Blumen aufs Grab legt, mit ihm die vergangen Tage bespricht, ihre Sorgen und Nöte, ebenso über unpünktliche Pfleger oder zuviel Spinat zum Kartoffelbrei.

Auch heute redete ich mit den berühmten Engelszungen auf sie ein, um sie zu überzeugen, dass selbst sie endlich ins Bett müsse wobei doch Hansi, ihr Wellensittich, auch schon längst schliefe. Doch sie hatte ganz andere Probleme:

„Ich gehe erst ins Bett, junger Mann, wenn Kurt zu Hause ist. Er kommt sicher jeden Moment. Kommen sie bitte später noch einmal wieder."

Ich erklärte ihr vorsichtig, dass sie doch genau wisse, Kurt ist schon lange tot.

„Reden sie nicht so einen Unsinn, er ist nicht tot. Nur weil er gestern auch nicht nach Hause gekommen ist, ist er doch nicht gleich tot!"

Mir war spätestens jetzt klar, dass ich heute einen kleinen Kampf mit ihr ausfechten musste und spielte nun einfach mit, wenn das auch ein ganz kleines bisschen gemein war:

„Ach, ich hatte ganz vergessen, Oma Weinstein, er ist seit einigen Tagen auf Baumwollfeldern in der Nähe von Rio und macht dort Nacktaufnahmen von jungen Frauen für den

„Playboy!", erkläre ich ihr nun.

Wütend und mit funkelnden Augen blitzte sie mich aus ihren verschmierten Brillengläsern an:

„Wenn das wirklich stimmt, dann braucht er mir gar nicht mehr nach Hause zu kommen!", damit ging sie stampfenden Schrittes beleidigt ins Bett ...

Die Zugfahrt

Also, das war so: Erst war überhaupt kein Platz frei, als ich nach dem Besuch bei den Kindern in den Zug von Hamburg nach Hannover stieg – später nur noch einer im Abteil für Fahrräder, den ich sofort in Beschlag nahm. Schrieb dann brav meinen Namen auf die Fahrkarte, bevor sie kontrolliert werden sollte. Der ausländische Zugbegleiter, vermutlich in klassischem Schauspiel ziemlich bewandert, meinte grinsend:

„Aha, Julia – Romeo und Julia!"

„Na toll, jetzt wissen alle wie ich heiße!", blitzte ich ihn an. Er grinste einfach weiter.

Die „alle" haben natürlich auch alle gegrinst. Sehr witzig!

Später waren wir nur noch fünf Leuten in diesem Abteil für Fahrräder, an das sich auch die Toilette anschloss, so groß wie ein Lastenfahrstuhl mit automatischer Tür. Wenn jemand darin verschwinden wollte und dazu die Tür hinter sich schloss, ging diese gleich darauf automatisch mehrmals wieder auf, gab den Blick auf den in Not geratenen Reisenden frei, der hilflos wartend und vor sich hinmurmelnd darauf hoffte, endlich hinter verschlossener Tür seine dringende Angelegenheit erledigen zu können.

Ich habe bei jedem neuen Benutzer des Räumchens schon auf dieses kleine Schauspiel gewartet, um mich über den dümmlichen Gesichtausdruck des Überraschten zu amüsieren. Wandte mich dazu natürlich zur Seite, um mein Gekicher zu verbergen.

Zwischendurch wurde es mir auch nicht langweilig, denn ich konnte sogar wieder mal meine Englischkenntnisse auffrischen, da ein Ausländer die Dame neben sich um eine Auskunft in Englisch bat.

Er fragte sie, wo er wohl in einen ICE-Zug nach Hannover umsteigen könne, weil ihm unser „Metronom" durch die vielen Halts zu langsam war. Sie verstand nichts, wiederholte nur ständig:

"Yes, this is the Metronom".

Doch bald stellte sie fest, dass er das wohl schon lange selbst wusste, fragte dann in die Runde:

"Kann hier einer Englisch?" Alle kuckten gelangweilt zur Seite oder zum Fenster raus.

Ich erkannte ihre Not und legte mein Buch auf die Knie, in dem ich in ereignislosen Pausen lesen wollte und klärte sie auf, dass mein Englisch auch nicht besonders wäre, aber was er wollte, konnte ich ihr dann doch noch sagen.

Sie strahlte und stocherte weiter sprachlich mit ihm herum, bis ich dann durch ein herumliegendes Infoblättchen herausbekommen hatte, dass er in Uelzen in den ICE umsteigen könnte und sagte ihm das auch, was er nach einem freundlichen: "Thank you" in meine Richtung auch bald tat.

Wir sprachen noch ein Weilchen darüber, die Frau neben ihm, die jetzt nicht mehr neben ihm saß, und ich, dass ein Englischkurs für sie sinnvoll wäre. Irgendwann stiegen alle aus, und ich blieb allein zurück, vertiefte mich endlich in Bastian Sicks traurigen „Tod des Genetivs" .

Schon bald darauf suchten zu meinem Erstaunen junge Fußballfans, noch im Trikot und zu zweit besagte Toilette auf! Das sind doch keine Mädchen, die sich gern an diesem Ort zusammen schminken! Doch sie hatten Glück, mussten besagte Tür nur zweimal schließen.

Ein älterer Ökotyp gesellte sich zwischendurch zu mir ins Abteil. Auch er hatte den Wunsch nach dem stillen Örtchen, wie ich bald bemerkte. Ohne zu wissen, dass dieses von zwei jungen, klönenden, rauchenden Fußballern besetzt war, wie ich vorher durch den Türschlitz sehen konnte, öffnete er diese – und wurde sogar freundlich eingeladen:

"Komm` doch `rein!", was er leicht irritiert tat. Viel kann da nicht passiert sein, denn nach ca. drei Minuten kamen alle drei wieder `raus, ob erfolgreich oder nicht, war für mich nicht erkennbar. Brav ging dann jeder auf seinen Platz zurück. Später erneute Kontrolle, diesmal kam eine Zugbegleiterin des Weges, fragte mich, ob ich neu zugestiegen wäre.

Ich vertraute ihr an, dass ich bereits seit Hamburg im Zug sitze.

„Seit Hamburg schon? – Ooohaa"!

Ich fragte mich, was denn daran nun „Oooohaa" wäre?

Ein Weilchen später, wir waren fast in Hannover, wollte noch schnell ein ausländischer Mitbürger aufs Klo. Diesmal streikte besagte hochtechnische Tür fast total. Er bekam sie überhaupt nicht auf, zerrte an ihr herum, schob und drückte sie mit jetzt schon rotem Kopf. Natürlich musste ich mal wieder verkrampft kichern und mich abwenden. Er kannte ja die Vorgeschichte nicht. Als er sie dann endlich geöffnet hatte, bat er mich gespielt verzweifelt:

"Please, when I never come back, you must tell it my family" – oder so ähnlich. Dabei schloss er sich meinem jetzt fast haltlosen Gelächter an und verschwand mutig hinter der sturen Tür. Ich stand nun ziemlich unter Druck, hoffte, er käme problemlos wieder heraus, da ich seine Familie ja überhaupt nicht kannte – und widmete mich wieder dem „Genetiv". Der Toilettennutzer erschien tatsächlich wenig später – wenn auch unter gleichen schwierigen Umständen. Hatte jetzt nur noch Zeit für ein lachendes "Bye" und ein Winken in meine Richtung.

Schon bald danach lief mein Zug in Hannover ein und ich stieg völlig entspannt und fröhlich aus. Hatte ich doch schon lange nicht mehr an so einer kurzweiligen Zugfahrt teilgenommen …

Kartoffelchips

Der Cappuccino ist ein bisschen zu süß. Ich sitze in einem Straßencafe`, mitten in der Stadt und nehme noch einen Schluck, falte meine Zeitschrift auseinander, sehe mich um.

Sieht ziemlich zerlumpt aus, der arme Kerl da drüben. Jetzt bückt er sich. Was hat er da? Ach, eine Zigarettenkippe. Sind ja auch verdammt teuer, die Dinger. Er steckt sie sich gierig an, bläst genüsslich den Rauch in die Luft und geht langsam weiter.

Am Nebentisch futtert ein kleines Mädchen Kartoffelchips.

„Hör` doch endlich mit den Dingern auf Khati, bist doch schon satt, trink` lieber deinen Kakao", bestimmt eine energische Frauenstimme.

„Geht nicht, die schmecken so gut, Mama!", verteidigt sich die Kleine. Die Antwort der Mutter höre ich nicht mehr.

Kartoffelchips – ich denke an die Stimme meiner Freundin letzte Woche am Telefon. Sie hatte mich aus Australien angerufen und klang sehr traurig, als sie erzählte, dass Edgar, ihr Mann seit fast dreißig Jahren, vor drei Tagen gestorben sei.

Was sollte ich ihr sagen? Die üblichen Sprüche? Sie alle sind sinnlos, zu oft benutzt, zu oft gehört, abgedroschen. Das sagte ich ihr, und sie gab mir Recht. Sie sprach ein bisschen über seine letzten Tage:

„Weißt du, ich habe ein schönes Foto von ihm vergrößert und über sein Bett gehängt, neben deine lustige Geburtstagskarte damals, in die du sein Foto montiert hattest. Kannst du dich noch erinnern, was drauf stand? Hör` mal:

,Geburtstage sind wie Kartoffelchips. Sobald man anfängt, kommt einer nach dem anderen, scheinbar immer schneller, bis die Tüte leer ist. Also los, genieß` sie, solange Du kannst! Alles Gute zum Geburtstag!'

Ihm hat`s so gut gefallen, dass sie damals an der Wand hängen sollte.

Da hat er dann oft ein bisschen von früher erzählt, wenn er sie ansah. Davon, als wir alle noch in Hamburg wohnten, wir und du auch, Julia, als unsere Kinder noch klein waren, und wir viel zusammen unternommen hatten."

Ich wurde ganz traurig und sah ihn plötzlich vor mir, wenn er bei seinen jährlichen Besuchen in „Old Germany" oft darüber schimpfte, immer älter zu werden. Ich konnte ihn verstehen, ihm damals leider nicht helfen, hatte ich doch das gleiche Problem.

Nun hat er es auf seine Art gelöst – Geburtstage sind wie Kartoffelchips …

Eine haarige Angelegenheit

Ein Gang zum Friseur war mal wieder fällig. Natürlich wusste ich bereits jetzt, dass ich mir anschließend nicht gefallen würde. Wäre das erste Mal, und daran konnte ich nach all den Jahren nicht mehr glauben. Gewiss war nur, dass ich später, kaum zu Hause, meinen Kopf wieder unter den Wasserhahn halten, wütend mit dem Fön zwischen meinen Haaren herumwirbeln und anschließend wie die große Schwester von Pumuckel aussehen würde.

Die nächsten drei Tage vermied ich meist jeden Blick in den Spiegel, trug die Haare zu einem Pferdeschwanz gebunden und konnte die berühmte Konkurrenz, die angeblich nicht schläft, auf keinen Fall ertragen. Mit diesen Aussichten machte ich mich auf den Weg.

Schön, es saßen heute nur wenige Kundinnen im Wartebereich. Ich blätterte in Zeitschriften mit Frisurvorschlägen. Sie hatten gut Lächeln, diese Models mit den Superfrisuren! Ich blätterte weiter. Ja, die hier, die würde mir gefallen. Wilde, verspielte Locken um ein Puppengesicht mit Schmollmund. Den Schmollmund dachte ich mir einfach weg und das Puppengesicht auch – ansonsten würden wir uns nicht viel unterscheiden, das Model und ich – hätte ich nur ihre Frisur!

Hoffnungsvoll setzte ich mich später in den Frisierstuhl und war ausnahmsweise guten Mutes. Einmal, nur einmal musste es doch klappen, dass ich nach so einem Besuch fröhlich aus der Tür schwebe. Schon lächelte sie mich an, die Friseurin:

„Waschen und Schneiden?"

„Ja, und dann die Frisur so, wie die sie hier hat."

Damit halte ich ihr die Zeitschrift mit Foto von besagtem Model unter die Nase.

„Ist kein Problem, das kriegen wir hin!"

Ich konnte es nicht glauben! So einfach war das? Schon sah ich mich am Abend mit Marita in meiner

Lieblingskneipe am Tresen sitzen, man drängelt sich neben mich, Mann für Mann – und ich kann mich vor bewundernden Blicken und Komplimenten nicht retten.

Langsam hatte sich der Salon gefüllt. Ich gab mich nun der Musik, die uns leise berieselte, hin und träumte weiter. Waschen, schneiden, zupfen – ich ertrug alles. Dabei beobachtete ich jetzt langsam das Tun von Erika, wie sie von ihrer Kollegin gerufen wurde. Es schien wohl trotzdem ein weiter Weg zu der von mir gewünschten Frisur zu sein. Ihr Blick flackerte unruhig über mein Gesicht, das ihr etwas skeptisch aus dem Spiegel entgegenblickte.

Meine Hoffnung auf eine wenigstens diesmal umwerfende Frisur sank mit jedem weiteren Gezupfe von Erika an meinem Haar. Mein geflüsterter Hinweis, sie möge an den Seiten weniger schneiden:

„Ich habe dann nämlich irgendwie einen Eierkopf", ließ sie ein erschrockenes:

„Nein, das glaube ich nicht, das kann doch gar nicht sein!" ausstoßen. Zur Bekräftigung sah sie in die Runde, rief dann ihrer Kollegin ein mir mehr als peinliches:

„Brigitte, findest du, dass die Kundin einen Eierkopf hat?" in vollster Lautstärke durch den ganzen Laden zu und erhielt natürlich von dieser dann ein ebenso lautes:

„Nein, auf keinen Fall, ich finde nicht, dass die Kundin einen Eierkopf hat – sie sieht doch gut aus!"

Folge: Die Köpfe aller anderen Kundinnen drehten sich in meine Richtung. Wirklich peinlich!

Einige grinsten, andere sahen mich prüfend an, schüttelten dann verständnislos den Kopf.

Ich blickte verschämt auf mein übergroßes Frisörlätzchen und griff schnell nach einer Zeitung.

Keine mit Frisuren, das hätte ich jetzt nicht ertragen können. Nein, ich begann Artikel zu lesen über Themen wie:

„Warum zieht Bauer Schmidt von Obersdorf nach München? – Wie vermeide ich einen Waldbrand? – Wird es im nächsten Winter wieder schneien?"

Das lenkte mich ein wenig von meiner peinlichen Sitzung bei besagter Erika ab. Irgendwann hielt sie mir dann einen kleinen Spiegel gegen den Hinterkopf, damit ich ihr Werk auch allseits betrachten konnte.

„Na, ist es nicht wunderbar geworden?"

„Sie haben Recht, ziemlich sonderbar …"

Ich beeilte mich zur Kasse zu schreiten – denn das Ergebnis der Sitzung war erschreckend! Mein Ziel klar vor mir, flüchtete ich fast aus diesem Salon, zog den Kopf ein und stürmte unserem Mietshaus zu, um in Windeseile die Stufen zu erklimmen. Zitternd schloss ich die Tür auf, stürzte mich ins Bad, drehte wild den Wasserhahn auf und ließ meinen Kopf endlich vom lauwarmen Wasser berieselt. Der Fön kam wie üblich zum Einsatz, vergeblicher Versuch das Haar wenigstens irgendwie zu formen – alles sinnlos!

Eines ist gewiss: Auch dieser Zustand ist irgendwann vorüber, wie immer. Nach tröstlichen Gedanken, neuem Make-up und einem Cappuccino klingelte es an der Tür. Ich öffnete: Rosi!

„Sag` mal, wolltest du heute nicht zum Friseur?" …

Regine

*I*ch gehe über den Flur. Sie hat schon auf mich gewartet – wie jeden Morgen.

„Es ist acht Uhr. Jetzt kommst du erst?" höre ich ihre Stimme und sehe in die Cafeteria. Da sitzt sie und sieht mich vorwurfsvoll an. Wie oft hat sie das schon gesagt!

„Langsam dürfte es dir wohl bekannt sein, dass ich nicht pünktlich da sein muss, die Hauptsache ist doch, dass der Gymnastikraum um 9 Uhr vorbereitet ist".

„Ja, ja, ich weiß. Aber beeil dich, wir wollen doch zusammen Kaffee trinken. Ich war schon mal um sieben hier unten, wollte sehen, ob du heute nicht doch mal eher kommst."

„Meine Güte, um sieben räume ich noch bei mir zu Hause auf, mache meinen Abwasch und quatsche mit meiner Tochter am Telefon. Wieso vergisst du das immer?" fragend sehe ich sie an. Ihre Miene ist jetzt trotzig, verzieht sich aber dann doch zu einem Lächeln.

„Ja, ja, mach` schnell jetzt, damit du den Kaffee aufsetzen kannst, ich warte hier auf dich. Dann lese ich auch unsere Horoskope vor."

Ich mache meine Arbeit, beeile mich tatsächlich, möchte sie nicht enttäuschen. Sie sitzt noch da, hat die Zeitung aber bereits ausgebreitet.

„Ich kann das Horoskop nicht finden!", in ihrer Stimme ein leichter Anflug von Panik. Laut raschelt die Zeitung beim Umblättern der Seiten, womit sie das Brodeln der Kaffeemaschine übertönt.

„Regine, das Horoskop ist immer drin, wenn es nicht `rausgefallen ist – reg` dich nicht auf", beschwichtige ich sie grinsend. Sie lacht.

„Du kannst vielleicht einen Blödsinn reden."

Jetzt duftet der Kaffee in unseren Tassen. Sie hat eine kleine mit Süßstoff – ohne Milch, das erinnert sie ein bisschen an ihren geliebten Espresso, meint sie, und hebt zitternd die Tasse an den Mund. Ich trinke meinen „normal", mit Milch und im Becher. Inge gesellt sich zu uns, angelockt vom Kaffeeduft. Ich sehe sie an:

„Wie siehst du denn aus, schlecht geschlafen?" Sie zieht verzweifelt die Augenbrauen in die Höhe:

„Hör` bloß auf – meine Allergie – habe wirklich nicht gut geschlafen."

Dann berichtet sie über Einzelheiten dieses Leidens. Sie tut mir leid, so geplagt zu sein. Ich bin froh, dass mich diese Qual bis jetzt verschont hat.

Auch Regine hat aufmerksam zugehört und sagt erleichtert zu mir gewandt:

„Was haben wir`s doch gut, wir müssen uns mit so was nicht herumquälen."

Völlig irritiert bleibe ich die Antwort schuldig, was sie nicht weiter bemerkt.

Nun beginnt sie endlich, die Horoskope vorzulesen. Fängt mit meinem an, liest dann das von Inge, danach kommt erst ihr eigenes: „Fische" – sie ist Fische und liest:

„Liebe: Sie sollten ihren Partner mehr verwöhnen.

Arbeit: Ärger mit den Kollegen vermeiden.

Gesundheit: Gehen sie joggen oder schwimmen".

Sie zieht eine Grimasse, verdreht die Augen, ich tue das Gleiche, dann lachen wir alle drei.

Wenig später hat sie ihre Tasse Kaffee getrunken und wünscht uns fröhlich:

„Schönen Tag noch – bis morgen." Dabei setzt sie die Räder ihres Rollstuhls in Bewegung ...

Glatteis

*E*inmal im Monat sehe ich ihn, den älteren Mann, im Arm einige Exemplare der Obdachlosenzeitschrift „Glatteis".

Gutmütig sieht er aus. Eigentlich fast zufrieden. Ich beobachte ihn, ehe ich in den Supermarkt gehe. Jedem ruft er ein freundliches:

„Guten Tag!" zu, tritt dabei von einem Fuß auf den anderen – die Kälte.

Holt jetzt ein buntes Taschentuch heraus – putzt sich die Nase, danach ein leichtes Husten. Mit schlanker Hand fährt er durch sein langes Haar. Dann ein erneuter Blick in die Runde. Von gegenüber kommt eine ältliche Dame auf ihn zu. Das Gesicht verkniffen, Eile in den Augen.

Sie sieht ihn – stutzt – noch jemand, der wahrscheinlich irgendetwas etwas von ihr will! Schon versucht sie, unentdeckt an ihm vorbei zu huschen. Es gelingt nicht. Sein breites Lächeln hält sie auf. Er sagt kein Wort, nur ein warmer Blick aus blauen Augen mit vielen kleinen Fältchen trifft sie.

„Ach, geben sie mir eine Zeitung, ist schon alles egal." Dabei lächelt plötzlich auch sie.

Hat jetzt alle Zeit der Welt! Doch er wendet sich ab. Wollte nicht mehr – nur ihr Lächeln und eine Zeitung verkaufen. Jetzt schlägt er den Mantelkragen hoch – steht wieder auf seinem Platz. Ich kaufe auch meist eine Zeitung.

Heute frage ich ihn einfach das, was ich ihn schon lange fragen wollte: Warum er gerade vor diesem Supermarkt steht, von dem man weiß, dass dort meist die weniger betuchten Bürger einkaufen.

„Glauben Sie nicht, dass Sie vor einem exquisiten Laden erfolgreicher sein könnten?" Er lächelt.

„Das glauben Sie – ich habe da andere Erfahrungen gemacht. Nein, die Leute, denen es gut geht, die geben nicht gerne. Was denken Sie, warum die soviel haben? – Sehen Sie, darum ..."

Sein neues Auto

Er hatte mir vom Kauf seines neuen Autos erzählt, Lutz aus Hildesheim, mein Freund seit vielen Jahren: Er stand am Fenster und sah auf die Straße. Da stand es nun, das neue Auto. Die Zeit war gekommen, es in seine Familie aufzunehmen. Auf Drängen der – ach, so lieben – Verwandtschaft hatte er es endlich angeschafft.

Die oft mit spitzer Zunge geäußerten Bemerkungen über das Alter seines vorigen Familienmitgliedes, eines bescheidenen Mittelklasse-Autos, das er wegen seiner strahlend weißen Farbe „Schneeflocke" genannt hatte, störte ihn nun doch schon eine Weile. Außerdem war Schneeflockes Zeit längst abgelaufen. Wurde es doch seit längerer Zeit bereits von einigen Zipperlein geplagt.

Gleich würde er es nun in die Garage fahren, das neue blaue Auto mit Funktionen, die er selbst nicht so ganz verstand. Aber dafür gab es ja Anleitungen, die Lutz zu gegebenem Anlass lesen würde.

Es war größer, gewichtiger und verstand es mit Sicherheit, den Fahrzeugen der Verwandtschaft Konkurrenz zu machen.

Lutz ging mit festem Schritt auf die Straße und schloss das Auto auf – nun doch verstohlen in die Runde blickend – würde man ihn vielleicht beobachten?

„Der hat also auch ein neues, wenn er sich das leisten kann, bitte schön – wurde ja auch Zeit", würden sie sicher feststellen.

Er setzte sich hinters Steuer, strich über das Lenkrad und versuchte, ein Gefühl von Vertrautheit zu entdecken. Nichts! Es war eben alles noch zu fremd.

Na gut, fahren wir erst mal los, beschloss mein Freund.

Leise schnurrend setzte sich sein neuer Freund in Bewegung und Lutz kam langsam aus seiner leicht geduckten Haltung heraus, kurbelte das Fenster herunter und legte einen Arm lässig über die Tür.

Sah sicher nicht schlecht aus, wie er da so saß. Das sollte auch sein Nachbar bemerken:

„Hallo, Herr Krummbiegel!" nickte Lutz ihm freundlich zu.

Im Rückspiegel sah er Krummbiegels verdutztes Gesicht. Der hatte es also auch noch nicht gewusst. Nun wusste er es!

Lutz fuhr zur Garage und schloss das Tor auf. Dort, wo sonst immer sein kleiner weißer Freund stand, der ihn von seinen vielen Urlaubsreisen stets sicher nach Hause brachte – bis auf ein paar kleine Ungezogenheiten, die er sich erlaubt hatte, wie zum Beispiel einen plötzlich leeren Tank und andere Überraschungen — nichts als erschreckende Dunkelheit.

Ein bisschen traurig war Lutz schon. Jemand anders versuchte jetzt vermutlich, sich genauso mit Schneeflocke vertraut zu machen, wie er es mit seinem Neuen probierte. Alles an diesem Auto war perfekt, bis auf die Hupe! Auf einer ersten Probefahrt wurde sie im Wald getestet.

Etwas Kläglicheres hatte Lutz nie vernommen! Es hörte sich wie das fröhliche Quaken eines Laubfroschs während der Brautschau an. Was blieb ihm übrig? Er musste es einfach „Quaky" nennen. Damit hatte es nun schon mal einen Namen. Dabei erinnerte er sich der letzten Minuten des Abschieds von Schneeflocke: Es stand auf der Straße und wartete auf den neuen Besitzer und Lutz stand wieder am Fenster.

Sicher war sein altes Auto genauso unglücklich darüber, wie er. Denn auch Schneeflocke hatte sich vermutlich in den langen Jahren an ihn gewöhnt.

An das viele Gepäck, das es immer – korrekt von Lutz verstaut – transportieren durfte, die diversen Fahrten mit Werkzeugkisten, Leitern und Farbtöpfen.

Am liebsten hatte Schneeflocke es sicherlich, wenn sich Familienhund Rosamunde, von allen kurz „Rosl" genannt, auf dem Rücksitz behaglich räkelte, verträumt vor sich hinschmatzend, stundenlange Reisen mit der Familie unternahm, und ihm Hundehaare ohne Ende hinterließ. Nun mussten sie voneinander Abschied nehmen.

Lutz sah hinunter auf sein altes Auto. Es schien ihm so, als blickte Schneeflocke mit seinen runden Scheinwerferaugen zu ihm hoch. Kullerte da nicht eine dicke Träne aus der linken Lampe? ...

Steine

Von den vielen bunten Steinen auf meinem Schreibtisch fallen mir zwei ganz besonders ins Auge. Ich erkenne sie sofort unter all den anderen, egal, wer sie mir mal wieder durcheinander brachte.

Sie hatten diesen silbernen Schimmer – Schaumkronen gleich in der Weite des Horizonts über dem Meer.

Zwei Steine, bei denen ich an einen wunderschönen Urlaub denken muss. Ich hatte sie damals am Strand aufgehoben, als wir auf Rhodos waren, spazieren gingen und Angst hatten, dass wir diese Chance – nach langer Zeit wieder einmal zusammen sein zu können, so wie jetzt – vielleicht nie mehr bekommen würden.

Mehr als eine Woche blieb uns nicht. Sie lag noch vor uns und wir dachten, sie ist die Ewigkeit. Es war nur eine kleine Ewigkeit voller Sonne, Musik, Lachen und Sehnsucht. Was blieb, sind diese beiden Steine ...

* * *